幻之港

塗角窟異夢録

何敬堯 著

從文壇到學界，一致推薦

何敬堯堪稱是台灣近年來最值得期待的新秀作家！他不僅文筆驚人地成熟老練，想像力更宛如汪洋大海，打造出這一本建構在現實上的魔幻之作！

——郝譽翔（小說家）

「歷史小說」或「歷史素材的小說」，都必須在殘簡斷冊中不斷的找尋相關的連結、樂趣與前輩作家所遺漏的蛛絲馬跡，透過田野的深入領略，作家才有可能創作出獨特的作品風格。我寫歷史小說，也愛鑽弄遊冶於史料的罅隙幽微，但何敬堯的《幻之港——塗角窟異夢錄》讓我大開眼界又親切熟稔，彷若我走過巷弄間，那些我忽略的鬼魅與幻夢，不甘心我的無視，爭相猙獰著臉尖嘯著抗議與嘲弄，以至於，我開心大推啊。

——卑南族小說人　巴代

《幻之港》是一本很敢嘗試的小說集。它以少有人知的歷史材料為基礎，在每一篇小說當中嘗試不同的敘事類型，寫出了古早台灣的生活感。它的偵探在糕餅舖裡探討案情；它的羅曼史發生在賣貨郎和大戶小姐之間；在海港的街市，傳說中的神怪似有若無的身影飄蕩著……讀者將不斷感受到作者與類型小說公式的對話，而這一切努力都環繞著作者的歷史關懷、對「歷史小說」這一文類的創新企圖。因而，所有的組合都給人一種似舊實新的感覺，彷彿一幢幢重新熱鬧起來、被賦予新意義的土角厝。

——朱宥勳（小說家）

歷史小說是虛線的歷史。小說家必須在限定的時空條件中，造出基礎可信的另一種歷史可能性。所以歷史小說也是想像力的試煉，迫使小說家破除時空枷鎖，回到虛線誕生之時，試著將錯綜複雜的線頭連接成另一版本的歷史圖像。這部小說圍繞著消逝在歷史角落的塗角窟，濃密鋪陳場景的時代氛圍，試圖重寫史蹟遺事。小說家像個偏執的偵探，帶著放大鏡一一檢視所存不多的遺跡線索，爬梳那座失蹤的港。沒有歷史的鬼魂重新在他的追索中復活成人，再次搬演活著的那些往事。穿梭黑水溝的水手，遊走四方的賣貨郎，隱現的孩童鬼魂，那些還沒被編戶齊民到現代世界的魅影人間，就這麼從迷霧中被拯救出來，告訴讀者：或許有過那麼一個充滿毛邊的過往，某種介於存在與不在之間的幽靈，伴隨在歷史左右。

——黃崇凱（小說家）

《幻之港》是新型態的歷史小說，也是敬堯所稱的「時代小說」，取法日本大眾小說京極夏彥與宮部美幸的江戶怪譚，欲寫出屬於台灣的大眾歷史小說。他巧思選取十八世紀曾崛起於台灣中部的海港「塗角窟」為歷史舞台，所演繹的故事無論是如〈彼岸蟹〉寫移民與海妖、〈魔神仔〉寫魔神仔傳說與糖郊商人、〈虎姑婆〉寫塗角窟女婢與虎姑婆、〈七月七之夜〉寫搶匪總在七七之夜犯案的隱情、〈蛇郎君〉寫賣貨郎拐騙富家小姐而報應堪憂，盡皆構思巧妙，兼具可讀性與創新性。《幻之港》與傳統歷史小說相異處，便在企圖將歷史小說與現代「類型文學」進行結合的嘗試，我喜愛敬堯勇於推展台灣歷史書寫的眼界與才情，當歷史與神怪、推理、奇幻、冒險等類型相結合，引爆出更瑰麗的台灣歷史與文化想像，我期望讀者都能因為得到閱讀的樂趣，更進一步思索歷史與人性的奧義。敬堯所致力開創的時代小說，其意不在使命，更在興味，在樂趣，倘不能吸引讀者又談何理念？因為這樣更深廣的自我期許，敬堯耕耘多年終於完成此作，值得推薦給愛讀精采歷史小說的讀者。

——陳建忠（清華大學台灣文學研究所教授兼所長）

推薦序

人性乍現的鬼妖們

甘耀明

這幾年來臺灣被冠予「鬼島」說法，成了時下流行的網路語彙。「鬼島」有貶抑，泛指對臺灣現狀的不滿與自嘲，每當面對政治情緒、食安風暴或對社會重大事件時，網民的怨懟往往用「鬼島」。我思忖，為何用鬼島？為何把我們的憤怒與罪愆推給「鬼」，言下之意是「是你，就是你害的，我沒責任」，要是朗朗上口的人肯定缺乏自省與自信。

將「鬼島」罵名卸責給鬼，極其無辜，意味著我們對鬼是何其不解。依我的理解，鬼是「既不能成神，亦不能入獄」而徘徊人間之冥物。先祖埋荒之處，必有鬼妖傳說；歷史沉澱之鄉，必有鬼怪傳說。臺灣要是沒有鬼妖異譚，淪為歷史沙漠與無先祖之地，好在我們有，而且不少。然而，這些鬼妖傳說如何不只是嚇嚇小朋友的鬼故事，也不單是坊間達到驚恐破表的鬼小說，進而提升成為藝術層次，仍有待發揮的空間。以我的觀察，當嚴肅文學有意借用鬼妖傳奇，往往有明顯的意圖，言外之意太強烈，而且缺乏長足的經營，打帶跑的居多。在這樣的情狀下，何敬堯的《幻之港——塗角窟異夢錄》令人驚豔，是我這幾年來在台灣異譚小說中見到難得有藝術內涵的珍品。

《幻之港》是融合多種大眾文學元素的小說，包括了歷史小說、異妖小說或偵探小說手法，行文語氣與氛圍統一，提高可讀性，雜糅綺麗幻想與細膩寫實技巧，作為新秀的處女航表演，確實有難得天分。何敬堯將《幻之港》的小說場域設立在「塗角窟」，曾是在臺中、彰化交界的烏溪（大肚溪）出海口的港村，毀於大洪水，史冊紀錄不多。關於塗角窟擁有過的經濟繁華與人情世故，通通湮沒，化為烏有，而《幻之港》將文明蜃影以想像的方式顯影。我想，何敬堯也許是借用彰化鹿港的形象，或挪用臺灣其他曾有過的移民港口，建立了「塗角窟」充滿人性掙扎與真性情的港塢，發揮得淋漓盡致，往事歷歷，令人著迷。

何敬堯對《幻之港》的背景處理極為慎重，這部小說時空，最早溯至〈彼岸蟹〉在清朝嘉慶年間的台灣移民史，晚至〈蛇郎君〉的日據時期大正年間。這段歷史對大部分的讀者來說是模糊的，何敬堯拿在手上，不敢含糊帶過，盡可能的考究爬梳，務使人物在歷史舞台的活動，多了更具體的布景。所以，在〈彼岸蟹〉可以看到說服讀者的偷渡文化與海象探測（那個垂墜到海底的牛油鉛錘），〈魔神仔〉中魁儡戲棚的演制，〈虎姑婆〉中大宅的丫鬟制度，〈七月七之夜〉的日本保正職責與七夕文化等。《幻之港》也融入了清日政權轉移與八卦山抗日活動，我細數這些，並不是意味這本書善盡考究而忽略了可讀性，相反的，有了宛如河底巨石沙礫的布置，才使得何敬堯意圖呈現的小說，在角色出閘後，歷史洪荒，從此有了大河奔跳的畫面。

回歸《幻之港》的血肉，以劇情作為小說顯性基因的效果，這本小說處處展現說故事的魅力。何敬堯高明之處不是直接把鬼妖請上舞台，是由角色的影子投射出魑魅魍魎，人的怒火將自己化成冥妖。愛恨嗔癡是人性的砥礪，世間災禍與人情源自此，人變成妖，人墮為鬼，或人性更加醇美，莫過於是否通過考驗。於是我們熟悉的臺灣民間傳說魔神仔、虎姑婆，或中國文化的七夕情愛與蛇郎君故事，成了何敬堯將湯鍋上桌前的最後一道加鹽程序，多則毀於廁所鬼故事，少則無味，剛剛好則醍醐灌頂。

令人品味之處，是《幻之港》試圖從底層的苦難小人物，屢證時代變遷，並且找出溫醇人性的善念。〈彼岸蟹〉中的碧眼少年林子蒼如何歷經海上喋血，永遠不失對善念的堅持；〈魔神仔〉從三個敘事觀點，窺視如影隨形的鬼，最終像宗教懺悔似挖掘出內心罪痛；〈七月七之夜〉展現母慈之愛。即使人墮落成妖的〈虎姑婆〉與〈蛇郎君〉，令讀者理解那是人在歷經折磨與苦難後的不捨。無論如何，在書中每章節化為傳奇的碧眼少年林子蒼永遠給人一盞燈塔的希望，就算《幻之港》淪為黑霧迷濛、暴雨肆虐的烏有之地，仍扎出人性光芒。

最後，我很好奇《幻之港》的書寫脈絡是怎樣來的？依我理解，在臺灣大部分文學教育體系薰陶下的文學創作者很少這樣寫。目前學院的強勢概念是嚴肅文學，寫實派為主。我想，何敬堯的養土應該來自日本文學，日本對妖物與偵探文學自成系統，臻至藝術者不少。《幻之港》的寫妖怪可能受京極夏彥影響，寫鬼而令人同情可能受宮部美幸影響，卻光芒不減。何敬堯的筆法與火候確實令人讚賞，我想假以時日，臺灣必能端出自己的鬼妖文學。《幻之港》則是何敬堯成功的第一步，也成了下一步的磐石。

（本文作者甘耀明，目前擔任慈濟大學駐校作家。小說多次獲台灣重要小說獎，作品多次入選九歌年度小說選，小說出版《水鬼學校和失去媽媽的水獺》、《殺鬼》、《喪禮上的故事》等。）

目次

CONTENTS

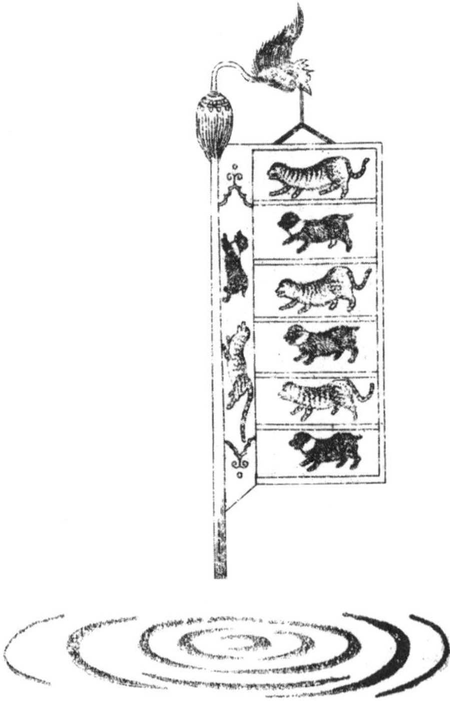

塗墼窟港，海汊，在大肚溪尾。——彰化縣志（清）

塗墼窟港在縣北，受大肚溪支流為港入海。——福建通志臺灣府（清）

乾隆四十年墾大肚下堡塗葛堀水里港。——臺灣通志（清）

經商為業，自造航船，配運米貨，出入塗角窟港……港場大可容二百餘航，深可三丈餘，有溪路、鐵路可通臺中等處，近日小輪船時常往來停泊，是此港比鹿港尤為盡善，而商會亦不下於鹿港。——三郊船商所長張錦上等百餘商號請願書・訴為海道艱險貨難通僉懇恩准體恤詳請就地開關驗稅之願（明治二十九年）

（塗角窟）所務日趨繁盛，確定將來必屬大有為之地。——臺灣總督府公文類纂府報（明治三十一年）

塗角地區……遭遇大洪水，住民大多遷往他處避難，僅剩無財力搬遷之貧民殘留。——臺灣總督府發布第七號告示（大正元年）

楔子

這是一座曾存在於臺灣的港口。翻啟塵封的史冊，字裡行間卻只賸零零星星的輾轉記載，宛若殘影浮渣，夾縫於書頁。

「塗墼窟港，海汊，在大肚溪尾……」

「大肚下堡塗葛堀水里港……」

塗角窟，抑稱作塗墼窟、土角掘、塗葛堀、塗葛掘、土葛堀……不同而相類似的名稱，如面具般幻化浮貼於遞嬗的時間甬道。

塗角、塗墼、或塗葛等詞句，源自「土角」之名，是傳統閩式夯土建築工法中，作為砌壁粘牆之土角方塊，在泥地上掘挖土角而成窪穴之地，乃稱「塗角窟」。

塗角窟，位處於臺灣中部大肚溪之出海口水里港，潮流迴繞成內湖，而形成天然良港；漲潮時水深有三丈餘尺，退潮時仍有三尺，故港寬水深可容納兩百多艘大小海船，是十九世紀中部海岸舉足輕重的河口港埠。

自乾隆朝起，漢人始移居入墾此地，而成大港聚落，與梧棲港一南一北，成就臺灣中部地區重要的貿易轉運站。清道光、咸豐年間因梧棲港日漸淤淺，船帆轉而集聚於塗角窟港灣，此後數十年間港務貿易蒸蒸日上，商賈輻輳，貨物吞吐量甚可比擬鹿港、安平港。港街鬧市中郊行林立，出口貨物以米、糖、樟腦為大宗，入口貨物如魚脯、木材、菸草、桐油、藥材、雜鐵……等，透過大肚溪水路可交通龍井、沙鹿、烏日、大里、霧峰等地段，陸路則可翻越大肚山聯絡臺中盆地各處，貨物集散之腹地極為廣大。作為中部地區物資集散良港，日治時期更在此地設立了警察署、憲兵隊、郵便局、公學校等單位機構，港街盛況空前一時，車水馬龍喧鬧非凡。

但大肚溪水患年年愈發頻繁，港口逐漸面臨淤積險況，時至大正元年夏季時節，某夜，轟隆豪雨無端驟降港口，厄運伴隨著天災襲擊塗角窟；溪流洪水倏然暴漲，海水倒灌氾濫成禍，整座港灣連同相鄰的頭湖、頭前厝、外海埔等街庄，一夜之間盡皆淹覆於滾滾水流。

旦夕時刻，港街百年繁華盡付海上浪花。

潮起潮落，霎短的一百年，港口由荒蕪邁向興盛，又由興盛步入毀滅，無人憑弔，也無人銘記，恍如幻夢的港街已永遠淹沒於深邃汪洋。

曇花一現的謎之港灣，只要闔起文獻裡的扉頁風景，它便棲身於真實與夢境的隙罅之間。

這是一座不存在於臺灣的港灣。

早已不存在地圖上任何一隅角落，匿跡海平面下的前世夢華，有誰真能證明，它曾在歷史上駐跡？

若追尋著過往足印，斷簡殘篇上的文字卻漫漶脫落，已不可考究的墨跡斑駁得無法讓人信服，連港灣遺址也掩埋深海而不可得，不禁詰問著：真有這座港灣嗎？歷史，難道從不唬騙？

真實在何方？真實，可能是由虛假的謊言逐步積疊成的幻浪浮影，但這幻影無關乎是非，卻是一種意念的輪迴、故事的迴光返照。

不需要憑弔，也不需要刻意銘記，歷史或許都只是虛假的竄改、立場的觀點流轉，只有閃現於心中的翩翩靈光，輝映著故事的軌跡。

只有故事，才是唯一真實的存在。

故事中，港口帆檣如林，碼頭上交換流通的貨物是旅者們的記憶，人聲鼎沸的港街鬧市裡，側身一瞥是眨眼百年的光陰，這是一座由海市蜃樓構築而成的謎津之港；港街中的米舖、青草店、餐館、茶行……老舊門楣正招引著過客的到來，但只要一踏足上前，便即將迷途於曲折縈迂的暗夜巷弄，旅人們正附耳悄聲說——這一座港灣屬於妖魔群聚之窟巢。

魑魅魍魎蟄伏在晦暗無光的港灣中，以人心慾念為食，無以名狀，爭相吞嚼著旅者們心中盤桓不去的愛恨貪嗔。

人之慾念，一旦被潛伏港灣的怪物所噬，己身精魂也將幻變為妖，成為徘徊港街上一抹飄忽不定的影子。

無形無色無相無法的神靈與鬼怪，正巡迴守護著港灣的入口。

這一座迷濛之港，無論是在過去、現在、抑或未來，都不可能再次輕易觸及。

一步一步，只能由真實走向虛幻。

塗角窟，取走土角而凹陷之穴窟，命中注定是空虛的存在；這是一座向壁虛構的港口，已然沉默於海平面以下的夢境邊界。

塗角窟港如同一個詛咒，一旦踏上尋找它的旅途，便將會永遠失去通往它的方向。

塗角窟，是一座不存在於現實世界的港口。

它是由神話與傳說所織縫成的朦朧夜幕，神鬼伺伏之處所。

它是一頁吉光片羽的驚鴻乍現。

它也是一道綿長悠遠的幽幽回音。

我們只需輕輕誦念起它的名字，它將在騷響不已的潮聲中，無所不存。

彼岸蟹

余乙丑年解組，由澎湖駕艨艟航海，行十三晝夜至彌陀山外洋，大溜[1]中見一蟳[2]如桌面，兩螯如巨剪，自北向南，順流而來。舟子各皆失色，寂不敢聲。余適坐船尾上，望之瞭然。瞬息不見，詢之舵工，云船若與之牴，即一夾兩洞，其鋒利如是。

——翟灝《臺陽筆記・閩海見聞錄》

1.

「為何你要上船，來這茫茫大海？」

「我……我不知道。」

「少年仔，你不怕死嗎？」

「我……」

「你儘管說，我也不會趕你下船。」

「老實講，我怕，我很怕……自從踏上這艘船的舷板，我每夜都做噩夢，夢到我沉落陰森森的海底，聽見水中傳來痛苦絕望的哀嚎聲，就像……一群陰魂不散的水鬼在哭，我嚇得心驚膽跳……但最糟糕的是，我沒法在海裡呼吸，腳手渾重，好痛苦，就快要窒息淹死了……」

「不懂泅泳，水性差，你是向天借膽，才敢上我這艘船？」

「唉，大爺，您就別笑了，其他船工大哥都瞧不起我，若是您也看輕我，我真不知道

1 大溜：流水。

2 蝌：通「蟹」。

該如何是好。」

「呵呵，然後呢？噩夢，還有後續嗎？」

「……然後，海中有一個奇形怪狀的黑影朝我游過來。」

「黑影？」

「我……我看不清，水底實在太烏烏暗暗了……」

「嗯~憑你這一雙綠色的目珠，也瞧不清？唉唉，我還以為有啥神祕處，原來只是無路用的裝飾。」

「這……這是當然的呀！我這一雙綠眼雖然長得很奇怪，每個人都將我當作不吉祥的怪物……但確實只是普通的眼睛，跟一般人沒什麼兩樣啊！」

「好好，我知道啦，你別激動。所以接下來？」

「啊？」

「那個黑影怎樣了？」

「我……我不知道，因為接下來，我連水面在哪個方位都弄混，頭痛欲裂，一陣昏濛濛，夢就醒了。這個夢太莫名其妙，可是又真實得讓人害怕，每夜只要冷汗驚醒，就再也睡不著。」

「沒想到你還真膽小呀！」

「大爺……」

「嗯，怎樣？」

「大爺，我想問您一個問題。」

「你問吧。」

「一路上，我常聽您講述許多稀奇的海上怪談，您說過，在無月光的暗暝夜，只要拍打海水，就會吸引發光的珍珠飛出水面，您也曾目睹，夜頂的大星墜落在海上，發出打雷般的海吼聲……還有還有，某一次，這艘船落錨在虎井嶼[3]附近，我在甲板上看見鬼火亂竄，您對我解釋，那是以往失事的商船有怨氣，當地土人都往此處入水，從海底抱回好多洋銀……您還警告過我，若是遇見馬首蝦尾的妖怪從海中爬上沙岸，是凶兆，得趕緊避開。」

「這些事，你都相信？」

「我……我想要相信……但您的故事，都太不可思議了。有一次您還說，對岸有一座海壇島，島上幾十里長的沙灘有一座村子，結果某一天沙灘竟然消失，所有人都溺死了！原來，那座沙灘覆蓋在大魚的鱗片上，大魚因為村中鐵匠天天打鐵鎚鎚而不安分，翻身游

3 虎井嶼：澎湖群島之一。

走，才造成災難。」

「講到底，你究竟要問我什麼事？」

「我在想，該不會……」

「嗯？」

「……該不會我夢裡看見的黑影，也是……也是某種妖怪？」

2.

龍萬屈膝跪在船尾艙房內，面向艙壁上鑲掛的天妃娘娘神龕緩緩地磕頭，額上血絲在魚脂燃燒的油燈下瑩亮著紫光，跟鬼頭刀[4]魚頭一樣光滑順溜的禿頭殼上，血跡斑斑，映照在艙房角落的汙黃銅鏡上，分外森然詭異。

中秋子時，夤夜之海，戎克船身輕移微晃。

月光灑落的海浪宛若閃閃銀錢，絲毫看不出數個時辰前，一陣龐然颶風曾為這片無邊汪洋帶來翻天覆地的災厄，若非舵工金老三機靈，下令水手們解下繩纜，將雙桅船帆收起，並及時放下穩定船身、避免側漂的披水板[5]，恐怕船上百多人早已命寄海中龍魚。

討海者皆知，臺海黑水洋一息千里，稍有失足便是陰陽兩隔，莫怨生死。
但龍萬的漆黑眼瞳中，卻不存在劫後餘生的喜悅光輝。

「噗咚！」

遠方倏然傳來一聲清亮的落海響音，劃破了黯夜的寂寥，龍萬側耳傾聽。

船身逐漸平穩，許是下錨了吧。

龍萬一臉苦笑。

在這混亂世道作走私偷渡船的骯髒行當，總必須懂得開口笑，尤其他所負責的工作，是招攬仲介街頭上走投無路的窮赤人，情願抛下家鄉孑然一身漂洋過海，來到遠岸的蓬萊仙島賺吃臺灣錢。

這一趟水路，是陰曆八月時節中，運客最多的一次，乘客中男婦合算共一百二十二人，金老三在福州獺窟[6]舊碼頭邊算錢算到手筋都要打結了；在那一帶他們走私船的偷渡

---

4 鬼頭刀：魚類名稱，另名「鱰魚」，方形額骨為其特徵。

5 披水板：又稱「下水板」、「翼舵」，狀如刀，置放船舷兩側，增加水阻力來防止偏航。

6 獺窟：現今福建省惠安縣東南端之海島，過往屬於泉州著名的貿易口岸。

行業做得最旺，口碑極盛，每個月至少都兩岸來回兩、三趟。

自從這幾年嘉慶帝[7]坐上了龍椅，政令朝改夕更，但總忘不了制定更嚴苛的渡海政策，力圖海防，兩岸間的渡臺禁令越設越嚴，關卡也越增越繁[8]。

泉漳閩粵之人想渡海來臺，除了因山多田小，人口壓力過重之外，吏官苛捐暴斂逼人出走，也是其中重要理由。而閩海一帶專司偷渡的「客頭」[9]所經營的偷渡船戶，便無視清廷渡海禁令，只需水腳銀十兩就能雙腳一蹬、踏上船板，即刻搭舟過臺了，因勢利導，才蘊生出這走私偷渡的神祕船業。

龍萬抬起滲著汗血的額頭，凝望眼前龕籠，龕門上繪了隻綠鱗灰首的麒麟，龕位上站了兩隻交趾陶燒的斑駁小龍朝拜著火焰龍珠，褪色的龍珠襯著黑面木身的媽祖神像更顯肅穆。

媽祖神龕是每戶船家的護身象徵，連他們這種見不得光的偷渡船也篤信其神力。

那年，他們三人在這座神像前拜天歃血，一齊併肩開了這條暗不見光的渡海生路。擁有船隻的龐元秀順理成章地擔任「船戶」角色，本業擺攤算運的龍萬則負責指引接客，而金老三則是船上負責掌舵的舵工，三人拚了幾年，才逐漸將這門生意穩定下來。

儘管這艘橫洋戎克船是載重千石以上、可乘兩百多人的斛船體型，顯得笨重，幸好熟稔兩岸水路的金老三駕船技術堪稱一絕，此船才能在這渡海行業裡穩穩立足。

凡是官船抑或海賊想要襲擊龐家船，就算在浪頭上起帆直追，也往往會意外翻浪，船底莫名破了個大洞而沉沒，若遇颶風暴雨，龐家船也總是有驚無險地安然度過。這艘船彷彿是被神通廣大的守護神一路扶佑，來無影、去亦無蹤，在臺閩洋面上可謂橫行無阻。

不識真面目的岸上眾人紛紛傳言，黑水溝上航行著一艘神出鬼沒的幽靈船。

龐家船上的船工們則信誓旦旦地說，這一艘船被神靈所祝福，是一艘福運之船，全賴媽祖娘娘在天庇佑，只要搭此船過臺灣，便會有福運降臨。

至於這一門偷渡事業中，龍萬負責的工作，便是替不懂門路者穿針引線。

他總在靠海的福州省城鬧市街尾的朱瓦馬頭牆下，懸著一根竹扁擔，勾掛著算命卜卦的破紅旗，笑盈盈地向愁眉苦臉的路人指天畫地。

「來喲來喲親家人，賺銀如水非難事！」

他一邊敲著桌上的破銅鐘，一邊扯著喉嚨叫喊，街尾龍大仙一張嘴彷彿比花街的紅娘

---

7 嘉慶元年（西元1795年）～嘉慶二十五年（西元1820年）。

8 清代渡海禁令總歸有三：第一，渡臺人士須持臺廈廳發放給照才能放行；第二，渡臺者不得攜帶家眷；第三，清廷視粵省為海盜窩巢，為防賊亂，遂禁粵人渡臺。

9 客頭：偷渡集團首腦之稱呼。

還要油蜜，每當他世故又眼尖地察覺，街上又走來一位畏畏縮縮的潦倒人家，便殷勤地牽手招攬。

——來呦，小兄弟！看你印堂黑，兩頰青瘦，應該有苦惱吧……原來米缸空了幾個月？……其實，我上頭也要照顧癱病的老媽，下頭還養了一個查某囝仔[10]，你辛苦，我最知道。但我起碼還能挺直腰桿，供厝裡人吃穿好住，前不久，我還多了一個在衙府做事的好女婿呢……這一切，都是因為我前幾年渡過臺，替人買辦，賺了一大票！呵呵呵，我絕對沒半句謊……

鐵口算命是他勸人上船渡海的掩護身分，而豐腴長樂的大仙嘴臉，就是蓬萊島的招牌保證。

但今夜的龍萬一絲表情都沒有。

油燈搖晃的光線把他的黑影子剪得格外尖銳。

那樣半笑非笑、慘白的面容就像是塗了白粉的面具。

因為他已經下定決心，要背叛船上曾經患難與共的兄弟。

龍萬海上討生活多年，自知從來不是光明磊落的人，腰刀上熱辣辣的血液沒有少沾過，什麼陰險卑鄙的勾當沒有做過？只是，當他意識到自己即將要背叛船上一夥弟兄，仍是不免心痛。

此刻，艙房門板吱呀一聲地撞開，金老三酒氣熏人，哈哈大笑地跌進艙裡。

他一看清眼前跪著龍萬，便喊著：「喂！你怎會跪在地上，我都還沒醉倒，你就比我先醉啦，龍大哥～～龍大哥快請起呀！」

龍萬皺著眉頭，隨手拿了塊抹布擦拭額上血絲，才轉身扶起因酒醉幾乎要趴地不起的金老三。

金老三繼續自顧自說道：「龍大哥，你又在拜神？」

「看到我在拜媽祖婆，你還敢吵我？」

「我就不相信這黑面娘娘有啥神力可以保佑咱，雖然眾人老是說這艘船暗中有神明保佑，才能數十年來航運興隆，但是，靠天天倒，靠地地塌，海上無依無靠，走海人還不如靠自己哩……」

「金仔，你只曉得講大話。」

「嘿嘿，別看我醉成這樣，該做的分內事，我一件也沒漏勾，方才已經放了鉛錘測海深，才將船隻停泊在此，我做事你放心啦！嘿嘿，這片海上針路[11]，我熟得跟逛北門的窯

---

10 囝仔：孩子。

11 針路：水路。

子一樣輕鬆。」

「現在船在哪？」

「這次出航，走了一晝夜才到澎湖島附近啊，若沒白天那陣風浪攪局，咱現下早就到塗角窟囉……你看，我手上還沾著錘上的牛油[12]咧。」

金老三醉得一塌糊塗，沾滿牛油的雙手直往龍萬臉上抹去，龍萬只能像趕蒼蠅般拍掉金老三不斷揮舞的雙手。

這一趟偷渡水路，龐家船預定抵達的目的地，是位於臺灣中部海岸某處的祕密渡口，塗角窟港。雖然只是小漁村旁的河口港灣，但塗角窟是一座港寬水深的避風良港，這幾年來，一向是龐家船偷渡走私的專用港口。

金老三說著說著，又毫不客氣灌飲一大口臭氣熏天的廉價酒水。

「這一回，多虧龐大哥明眼，趕緊在福州總兵查港前發令出船，否則這次還沒出海，我們就要被一網打盡囉。」

「別提那姓龐的。」

「龍大哥，你講這啥話，怎麼回事？最近你們倆事事不對頭。」

「姓龐的那傢伙，整天躲在艙裡吸鴉片，醉生夢死，越來越不成樣子。」

「哎，龐大哥煙癮雖大，尤其這幾年來，每日都得抽十幾回，開銷全花在上頭，不過跑船，總得要放鬆吧，你也別太斤斤計較。」

就算龍萬橫眉不語，金老三酒醉一臉漲紅，仍舊興奮地說道。

「龐大哥幹這渡船生意，除了幫走投無門的人另闢活路，也賣火銃給蔡牽[13]的船隊，讓那群海賊打得水軍營落花流水，真厲害咧。但老實講呀……就算龐大哥多偉大多厲害，也不值得我重視。我這人，很簡單，我只要一種東西——就是錢，錢錢錢！只要誰願給我錢，我連親爹親娘也會出賣喔！嘿嘿，龐大哥這幾年領我縱橫大洋，讓我撈了一袋袋番銀，一世人不愁吃穿，我自然對他感恩，很尊敬他哦！」

「金仔……」龍萬摩挲擺弄起桌上的玻璃計程更漏，「算了，接下來，換你守更，別喝太多，忘了注意時辰。」

「好好，我幾時出過紕漏啦，四更燒飯，五更開船，我會吩咐下去。這一趟船，賺得真好，明仔日上了塗角窟，我要大搖大擺去後車路做大爺，好好爽一爽，你知道倚晴樓的情娘吧！上回她託我買秦淮胭脂，真難找到，我問了好幾個人，幸好剛從江南批布回來的

12 昔時海船寄碇前，水手皆先測水深淺，將鉛錘末端塗上牛油，墜入海底粘起泥沙，分辨土色得知航行何處，若繩盡六、七十丈都不見底，則不能泊船。

13 蔡牽：嘉慶年間縱橫於閩浙臺海之間的大海盜。

福爺手頭有貨，我搬了幾箱上船，不只討美人開心，興許還能在港口賣一個好價喔！」
龍萬對於金老三聒噪的花街話題早已感覺疲倦，便轉頭開了艙房門，門外陰涼夜氣捲襲而來，龍萬不禁打了個寒顫。
「不過，龍大哥，最近走船，真要小心。」
「怎樣說？」
「聽福爺講，最近官門抓了一堆私船，連客頭老祥也栽了跟頭。」
「老祥？那隻老狐狸也被抓？」
「何止被抓，屁股挨上八十個響噹噹的棍杖之外，還要在海口套枷警告，要等抓到下一個客頭頂替，才能下枷，真可憐他老人家了。聽說他船上眾兄弟也被趕到東北黑龍江，一輩子做兵奴，唉唉，在那種冰天雪地裡生活，給披甲兵擦鞋拉車，又凍，又累，像畜生一樣活著，要是我被抓到還不如跳海自盡，做一個水鬼還比較輕鬆，嘿嘿。」金老三調皮地吐了吐舌頭。
龍萬發汗的手不禁緊握長襬上的荷葉香囊。
「據說這回查緝，水師營的人不知吃了什麼藥，腦袋瓜精明了起來——」
金老三不及說完，甲板上突地傳來一陣吵雜聲，不久一陣答答的腳步聲朝艙房趕來。
「糟了糟了……大事發生了！」

甲板上一名個頭纖瘦、怯生生的少年水手，正結結巴巴地張嘴呼喊。他雙頰沾抹著墨漬油汙，黑髮亂蓬蓬，儘管一身邋遢，深邃眼窩卻藏不住一雙綻著碧綠瞳孔的目珠。

「快來看！有妖怪……妖怪出現啦！」

「阿蒼，什麼事，這麼急？」龍萬探頭一瞧，原來是炊糧小工林子蒼，是一年前在塗角窟港招上船做火工的水手小弟。

雖然林子蒼外型與同年紀的少年夥計沒什麼兩樣，但天生一雙青綠眼，讓人看了就渾身發毛不舒服，港街眾人嫌棄他怪模怪樣，說他命中犯凶帶煞，沒有一間店鋪願招他做工，故他最後只能選擇上船賺辛苦錢。

「海上有妖怪！」

「你講啥？」金老三一聽，酒都醒了，興致勃勃地睜大雙眼。

「金大哥，海上有妖怪，妖怪正走在海浪上！」

「你這怪胎，敢騙我，揍你一頓粗飽。」

「我哪敢欺騙金大哥？弟兄都在船頭看，對了，要不要拿香來拜？」林子蒼雙手合十，一臉害怕，比手畫腳地向金老三說明甲板上的騷動。

金老三笑了笑，拋掉空酒瓶，打了個響嗝，不由分說便踏向前。

時值中夜，百多名的偷渡乘客已在底艙中熟睡，船頭聚了守夜的三五水手，往船舷外指指點點，他們反而不像林子蒼那般驚懼，甚至還略帶著戲謔輕狎的表情交談。

清冷之夜，浪聲湓湓，夜空中圓月光輝被殘雲吞蝕，海上是一望無際的黑暗。龍萬隨著眾水手目光往海上望去，沒想到灰暗的海波上，竟真的出現一抹模糊的黑影，行走於浪頭，全身漆黑，看不清楚模樣。

龍萬張大眼睛，不敢置信。

未及取燈籠前來照明，便雲移月現，霎時間，晶圓的月光灑落了一片亮眼銀輝。

金老三嘿嘿大笑，忍俊不住地拍擊著大腿直喊有趣，林子蒼瞪直了眼，指著前方支支吾吾，金老三拍了拍他的肩膀。

「阿蒼，你是不是聽誰講鬼故事，聽到頭殼都壞掉了呀？整天疑神疑鬼，真是無聊。我金仔不認識什麼妖怪，但眼前這人可認得真了，明明就是個小姑娘家，站在海裡退潮的沙洲上，冷得直發抖嘛，仔細一瞧，長得還挺標緻！……哦，小姑娘竟然倒下去了……喂喂，阿蒼，放小船下去，我金仔要接妖怪上船啦！」

3.

「呵呵，看來，你真相信我講的那些故事。」

「大爺又在取笑我了。但是，我夢中那個黑影……到底是不是妖怪？究竟，海裡有沒有怪物？」

「你認為那道黑影，是什麼？」

「我……我不敢肯定。」

「嗯~若是你認為是妖怪，那就絕對是妖怪了。」

「大爺，你這樣說，只是在唬弄我，隨意打發我。如果我認為它是妖怪就真的是妖怪，這也太亂七八糟了。譬如說，我若是認為沒有海水這種東西，海水就真的會消失嗎？這世間哪有這樣簡單的道理？」

「這世間就是這樣簡單，是你看得太複雜了。」

「有時，我……我還真不明白大爺的想法。」

「不過，我可以明白告訴你，這座海，確實有妖怪。」

「海中真的有妖怪？」

「當然有。」

「究竟，我夢裡的黑影，是什麼樣的妖怪？」

「這個問題，我無法解答，或者說，我沒資格回答。」

「為什麼？」

「因為那隻妖怪，只有你才看得見。」

「大爺……我不明白。」

「你無法看見我眼中的世界，就像是我無法看到你那雙綠眼珠裡，會出現什麼樣的妖怪，這是同等的道理。那隻妖怪，只屬於你。怪物的真面目，只有你才知曉，才能解答。」

「我實在不懂您的意思。」

「你會懂的，只要繼續活著，總有一日，你會懂……」

4.

輕鳴的鷗禽，在闃黯的海上五六盤旋，金老三在杉板船尾端划著槳。他聆聽鳥鳴，便知澎湖海岸在即，海鷗們總是向水手們預告島嶼在近的報信鳥。

奇妙的女子正站在海上沙洲，她望向前方的戎克大船與金老三划來的小船，兀自發愣。龐家船一身綠殼，船首兩側繪著外白內黑的碩大魚眼，是長江口以南的海船皆會塗上的「龍目」，用來趨吉避凶的彩繪映在女子無神的眼中，彷彿是睜著一雙怪異瞳孔的海中巨獸。龍目左側則用了黑油墨寫著船號「龐廣進」，字體斑駁，如同巨獸臉上的黥刺般醒目。

這艘船，像是一隻恐怖駭人的怪物。

女子忍不住顫抖。

金老三吹著口哨，冷冽的水氣穿透他的短袖麻衫，寒風絲毫沒有減低他的高昂心情。金老三望著海上的女子，她溼淋淋的單薄身子，披頭的散亂黑髮在風中飄揚，讓他不免心神蕩漾。

他一躍上沙洲，赤腳浸在冰涼的泥沙中，便知道再過不久漲潮起來，一方小沙洲便要淹沒水中，若晚來一步，恐怕女子早就葬身魚肚了。也因為小沙洲即將被海水淹上，站立其上的女子遠遠看來，彷彿足踏海浪，難怪林子蒼會錯認。

女子一雙鳳眼瓜子臉，金老三小心翼翼地將女子扶進船中。

「妳叫什麼名字？」

女子只是直勾勾地盯著龐家船，連頭也不回。

「救了妳，妳不謝我就算了，還不應話？喂喂！」金老三口氣凶惡地踢了踢船板。

「剛才妳走在沙洲上，天色昏暗，船上的人還以為妳是啥款不得了的妖怪。我看妳人模人樣，也不過是一個不會講話的啞巴。」見女子毫無反應，金老三繼續大聲說，「沒關係，妳不說，我也知道妳是誰。」女子不禁肩頭一震，回望金老三。

「妳不就是餌魚嗎？」

女子驚詫不解。

「呵呵，會落難到沙洲上，一看就知道妳是要偷渡去臺灣！沒想到還沒靠岸，看到沙洲就給妳趕下船。嘿，在我們這行裡，就叫作放生，灌海水，當餌魚囉。幸虧妳運氣好，遇上我來救妳，離漲潮還久，泥沙還沒太軟爛，若腳陷進去，出也出不來，像種芋一樣，就死定囉！」金老三一邊說，還一邊拿著木槳模仿拔芋頭的動作說笑，但女子眉尾卻是一動也不動，繃著臉回過頭去。

「可惜喔，這兒連臺灣岸邊都沒摸到。」

金老三一邊划槳，一邊絮叨地想跟女子搭上話，卻只是自討沒趣。

「碰」的一聲，杉板船隨即靠上了大船。

「你不講，我也懶得講。」

金老三橫著腳跳離小舟，動作敏捷地踏上繩梯上船，女子見狀，想隨後跟上，爬上了繩梯。沒想到踏上甲板的金老三，馬上托扯著船欄杆上的繩梯，左右晃動，女子驚呼一聲，差點就要落入海中。

女子掛在繩上動彈不得，狼狽萬分，不由得抬頭看向金老三，他一臉自在，打了個哈欠。

「要上這艘船，本來得要十兩銀，不過，現下水路走了一半，才到澎湖島，船價折半，就算妳五兩。」

「你……要錢？」女子瞪大了眼，粗糙的麻繩梯長年吸飽水氣而順溜，女子就算十指緊握也險些滑落。

「原來妳會說話，呵呵，那我就再說一次，五兩銀錢，才能上船。」金老三托著繩梯，將繩梯猛烈晃動起來，一點也無妥協退讓之意。

「我跌進海，包袱全淹進海了，我……」

「嗯？」

「我沒錢。」

「這不是我的問題。」

「……你若要錢，何必用小船送我來這？」

「沙洲就要漲潮了，若是妳有錢，卻還是淹死了，豈不是不划算？還不如先送妳到這，再好好向妳講價。」

女子緊咬嘴唇，不再瞪著上頭態度強硬的金老三，反而覷著金老三身旁的眾人，金老三仍一派輕鬆。

「要是我沒銀錢付，你又如何？」

金老三一邊說，雙手又晃起繩梯，「還能怎麼辦，就當沒看見妳吧，這艘船不做善事，要慈悲就找和尚去要。」金老三自顧自說著，彷彿想到什麼好笑的事情般，又笑了起來，朝肩頭旁的龍萬努嘴，「旁邊這位光頭大叔雖然慈眉善目，活脫脫就是彌勒佛再世，但他可不是吃齋念佛的師父，甭看他啦。」

「金仔，算了吧，別為難小姑娘了。」

「這可不行，走船是做生意，一分錢一分誠意，拚這趟水路我也是押上了寶貴的性命，沒道理幫人做白工。」

「我知道你打算盤，比誰都精，但是這回……」龍萬正要替女子求情，陌生女子卻出聲喊道。

「好吧，你看，這兒有塊玉牌，少說也值十兩，應該夠抵船費了。」女子從懷裡掏出一塊玉牌，朝金老三晃了晃。

金老三目不轉睛盯望著女子，便命她將玉牌擲到船上，他握了握玉牌，提著油燈檢視，玉質通體圓潤綠澤，顯然真貨無誤。

「哼，幸好龍大哥性子軟，替妳著想，要不然這塊玉還不夠抵咧！阿蒼，把人帶上來！」

當林子蒼與其他舵工水手合力將繩梯拉上船，女子渾身一軟，便癱坐在甲板上。龍萬提步向前問道：「小姑娘，妳是誰？為什麼會落海？」
女子望了望龍萬，眨了眨眼，又偷瞧著一旁的金老三，一晌才回答龍萬：
「小女……名喚蔣玉兒，與阿爹一同搭船渡臺，結果遇上惡船頭，把一行人都推落海，我在大海裡跟阿爹沖散，最後幸運被沖上沙洲……」
「嗯……我明白了，現下天色晚了，先進艙休息去吧。阿蒼，送姑娘去底艙。」
蔣玉兒點了頭，便隨著林子蒼步下船艙，龍萬也遣散眾水手，「沒事了！大伙兒回崗位去吧，別亂湊熱鬧……金仔，給我看看那玉牌。」
撫握著金老三遞來的玉牌，龍萬沉吟片刻，才又交還金老三。
「嗯，辛苦你了。」
眼見騷鬧止歇，龍萬朝金老三揮了揮手，讓他回去船上艙房守更。
龍萬獨自佇立在船頭甲板上，凝望著夜晚海天迷濛一片的景色，傾聽潮音起伏，雲中的圓月時隱時現，方才船上的混亂好似一場無痕無跡的幻夢。
龍萬陷入了沉思。
算算時間，這艘杉板戎克船航行一晝夜了。從福州港口東北方的獺窟出航，若要前往目的地塗角窟港的祕密小灣澳，想來也只需要一天的時間。
但恐怕明日在塗角窟港的水道邊，等待偷渡客們的不是錢財與富庶的未來，乃是絕望和苦難的襲擊。

海防同知府[14]的知府大人應該已經在水道旁密布兵勇，計畫一舉擒拿偷渡客民。

此局已成，而龍萬正是洩密之人。

他痛苦地低頭，低望著海中波浪，浪中反射著他的模糊臉孔，只是一團濃黑的影子。

他沒法子，只能順著官府的意思，用顫抖的手指按著地圖，指出偷渡上岸的地點。

●

七日前，福州城的朱瓦馬頭牆下，薄暮時分，在人潮漸疏的街市，龍萬伸了伸懶腰打算收攤時，兩名穿著補丁麻衣的男子，上前來請他算命，矮個兒的那位甫一坐下，便劈頭一問渡臺的船價，因為要收攤打烊了，素來謹慎的龍萬也不細思，便笑吟吟地回應：「爺可真識路，十兩銀就足了。」

龍萬尚未說完，另一男子突地亮出刀棍，掃開一桌卜籤，壓住龍萬的雙肩，疼得他眼淚直流。

「人客倌，這價錢您不滿意可以談，別……別動手動腳的呀！」

「王法之下，豈容你藐視！」矮個男子怒聲喝斥。

龍萬驚出了一身冷汗，竟是官府的人偽裝偷渡客民找上門來，他心知在劫難逃。

兩名男子押著龍萬，一路往福建省綠旗水師營而去，關在地牢候審。他早已看破生死，就算被刑，他也不願供出一船兄弟，就算獨自被發放邊疆，他也無怨，只是掛心家中老小，癱病的母親該當如何？幸好女兒月姑已經嫁出門，有了依靠。對了，他得想個法子捎口信給月姑……

忐忑了一整夜，牢門才傳來喀答聲響，知府大人總算開門前來問話。

嫌地牢灰塵髒汙，知府大人摘下頂上的黑絲花翎帽，拍了拍對襟馬褂的下襬，身後穿黑衣的小廝便低頭捎來木椅請他坐下。面容看似六十幾歲的知府大人神情慵懶，一邊啜飲著溫熱的茶，一邊慢條斯理地說：「在另一個牢房，我押了你女兒還有你女婿，快供出你們的窩藏處。」

「大人，你說什麼！」龍萬嚇得魂不附體。

「要不是你女婿多嘴，在衙府裡做事還不懂得低調，才意外露了你底……呵呵，這一回，總算抓到龐元秀的尾巴了，也虧我費了那麼多工夫。」

「有話好說！大人，我女兒……」

---

14 海防同知府：康熙年間始設海防同知府，此單位專門掌管臺地船政、閩海治安等業務，全名為臺灣府海防捕盜同知，又名臺防同知，地位相當於副知府。

「說，接應船在哪兒？」

龍萬趴在地下，不住地顫抖：「小人真的不知……」

「嗯？」

「能否先讓小人瞧瞧我女兒……」

「混帳！」赫然一聲，龍萬嚇得磕了幾個響頭，知府大人啜了幾口茶，清清喉嚨，才緩和地說：「其實，你也不用太顧全那船兄弟，看看這張文契，你就知道了，你……叫什麼來著？」一旁小廝遞給知府大人一張契書，小廝聲音尖細地提醒：「大人，此人姓龍，單名萬。」「哦，龍萬，聽著，朝廷注意龐元秀很久了，這一帶的偷渡生意大抵操弄在這傢伙手上，知法犯法，這還不打緊，最要命的是，他還提供海賊武器火藥，弄得這海上烏煙瘴氣，朝廷早就下令要好好治治他。不過，你也別費心維護他……你知道，他背叛你們了嗎？」

「大人……」

「喏，你瞧。」

龍萬接過紙，大吃一驚，原來是典賣契紙，賣出物竟是他們的船隻「龐廣進」，賣得銀兩實數一千兩，典賣人之名正是龐元秀。

「這契書是我從福州城某富戶搜來的，看來龐元秀趁你們不注意，早賣了你們的船，你還存心袒護他嗎？」

龍萬心亂如麻，回想起這龐元秀素來鴉片癮重，難不成開銷過大，只得拿船抵鴉？他心神混亂，既焦心，憤怒情緒竟逐漸漲起。

怎麼會這樣，龐元秀竟然暗中賣船，也不與眾人討論，一同出生入死多少年了，難道龐元秀還不信任自己嗎？

「不如你跟我們合作吧，只要你乖乖聽話，我保你無事，或許，你家人也不用因窩藏賊犯而發放東北，我記得你家，還有個老母親吧……你只要，跟我提點提點，你們的船在哪接應？」

龍萬確實不知道接應地點何在，為求隱密，每次偷渡上船的地點都是由金老三當天通知眾人。但龍萬知道抵達臺灣時，偷渡船專用的塗角窟祕密港口。他伸手握了握懷袖中的荷葉香囊，輕輕拭淨早已被牢房地板弄汙的綠色繡布，這香囊是女兒出嫁前，親手織給他，囊中放著獺窟天后宮求來的平安符。

龍萬低下頭，蜷趴地上，怯然而斷斷續續地說：「……小人……只知道臺灣的……接應口岸。」

知府大人聞言，與一旁小廝說了句話，便呵呵大笑離去。

「我會遣人送你回返，別妄想通風報信，記清楚你家人在哪。」

站在船頭，夜更深了，一片烏雲席捲夜空，無月無風，偌大寬廣的海上，龍萬竟覺此身無處可容，知府大人離去時的笑聲彷彿還在耳中迴響。

這門生意終究引來了禍害。

什麼人都不能相信，什麼神佛拜了也無用，這幾年來，海上什麼狂風暴雨、什麼妖魔鬼怪沒有親眼見識過？最後……仍然栽了跟頭。

他最無法置信的事情，是龐元秀將船隻暗中典賣。

龍萬不禁冷汗涔涔地回想起，這幾年來龐元秀對船上生意很不老實，庫房銀錢跟帳目總是對不上，他早察覺是龐元秀暗中挪錢。

看來，絕不能相信龐元秀這人，絕不能信，得小心提防才行，畢竟活在這亂糟糟的世道，誰也不能相信。

更可以合理懷疑，既然衙府已經手握龐元秀的買賣文契，也許知府大人早已和龐元秀達成某種協議？龐元秀不只賣了船，還賣了船上所有的兄弟……或許官府的人也不信龐元秀，抓了龍萬只是為了多一層保障？

龍萬心中越想越亂。

這時，林子蒼著急地向龍萬走來。

因為方才海上的妖怪風波，讓林子蒼差點就忘了龐元秀給他的交代，要他請龍萬去艙房裡會面。

「龐大爺令我來喚你，他在艙裡等你。另外，龐大爺還說這次在塗角窟靠港之後，有大事要向眾人宣布。」

「嗯，我知道了。」龍萬一聽，心中不免驚詫。

所謂「大事」，究竟是什麼？

難不成，龐元秀已經察覺了什麼風吹草動，得知他背叛？

若是如此，那就大大不妙，若龐元秀察覺狀態有異，臨時更改航線，讓船隻無法前往塗角窟港，豈不是讓知府大人起疑生憤，而他在牢中的家人是否會慘遭不測？

若是……他可以先下手為強？只要提著龐元秀的腦袋上衙府，是不是可以換回家人的自由與性命？

龍萬兀自仰著頭，凝望船外一片漆黑的汪洋，接著搖搖頭，便踱著步不發一語地離開，徒留林子蒼不知所措的表情。

龍萬在心中默默盤算著。

什麼人都不能相信，連方才意外被救上船的蔣玉兒，她的片面說辭也同樣不可信。

她那一身袍子，儘管因落海浸水而溼重破損，但材質卻是一般人家穿不起的絲織物，況且，她所交出的玉牌，他分明見過。

當他跪在知府大人跟前，他瞥見一旁小廝的黑衣底下，腰掛著那一塊翠綠玉牌。

他不知道為何女子會待在知府大人身邊，還意外漂流到此處，甚至被他們救上船。難不成，她是來探底細？但又為何要假作偷渡客民？

難道，知府懷疑他會洩密，所以命她來監視自己？

龍萬想不出個頭緒，也不願多想。

他往西望去，西方的海面彼端，是他在福州港的家，那兒是他永遠的家。他的女兒，他的家人，都在那兒活著，張目翹首等待著，都在等待他回家。他知道，就算自己要背叛相處了十幾年的弟兄，他也必須回家。

此刻，他好害怕，他怕得不得了，就算這十幾年來都在危險的風浪上度過，他眉間也不曾皺過半吋。如今，他的心頭卻首次感受到恐懼感的襲擊。

若失去了家人，他便失去了一切，失去了活著的理由。

當年他上船，是為了家人，如今，他為了同樣的原因，必須要毀了這艘船，這是他的命運。

就算要付出多麼龐大的代價，出賣他的生命、尊嚴或者是人格，他也點頭，義無反顧。

5.

「大爺，是不是每一個人，都看得見妖怪？」

「這也不一定，有些人終其一生，也無緣目睹。」

「大爺，您……會害怕嗎？會害怕妖怪嗎？」

「你弄錯順序了。」

「啊？」

「並不是妖怪讓人驚惶，而是人害怕了，妖怪才會現身。」

「我……我不懂。」

「你要學會自己解答。」

「那到底該怎麼辦？若我看見妖怪了，我該怎麼辦？」

「有些人，會用盡全力逃避它，有些人，則拚了命要對抗它。」

「大爺，您會怎麼做？」

「我嗎……我什麼都不做，只是與它一起活著。」

「大爺，您愈說，愈讓我糊塗……」

「呵呵。」

「那麼您……看過妖怪嗎？」

「當然。」

「它在哪裡？」

「這艘船的船底下，烏暗無光的海中，就棲息著一隻巨大的怪物。」

「什麼！怪物？就在這艘……這艘船底？怎麼可能……」

「沒錯。」

「怪物長什麼模樣，您有看清楚嗎？」

「每一日，每一夜，它的模樣越來越清晰，所以我知曉——我即將要死了。」

「什麼！大爺您……您要死了？」

「這是我必須付出的代價。」

6.

在海上僥倖逃過死劫，蔣玉兒的決心更加堅定。

當她從沙洲上，看到船頭上的金老三時，心中便暗自竊喜。

隨後蔣玉兒被安排進偷渡客民的底艙，船上總算再度恢復了深夜的靜謐。

她雙手揣著匕首，跨過了熟睡中的偷渡客們的身軀，摸著黑鑽過狹窄的底艙，角落一位還醒著的偷渡婦人安撫著低聲哭吟的嬰孩，滿臉驚恐地望著鬼祟路過的黑暗人影，蔣玉兒只用食指置於唇上示意噤聲。

底艙中，因為通風不良而空氣混濁腥羶，汗尿臭味彷彿都滲入了船艙夾板，溼黏生菌，蔣玉兒屏著呼吸，躡手躡腳朝船尾前進，熟門熟路，一路避開了在艙門口守夜的水手，彷彿並非第一次步足此處。

蔣玉兒咬牙切齒，朝艙房小心翼翼地走去。

在一刻間前，她本來以為自己逃生無門，即將喪命大海之中，卻沒想到被龐家船救了，陰錯陽差，躲過一劫。

她安靜地從底艙的木梯爬上去，眼見守夜的水手鼾聲濃烈，她悄步走到船隻側舷，掏出懷中的防水火藥桶，拉開引信，一股赤紅色的輕煙沖天散去，向官府的船隻通風報信。

蔣玉兒的身分，其實是臺灣海防同知府的遇昌大人新納的小妾。

一年前，自從遇昌在臺南府城的花街青樓遇到蔣玉兒，便成天魂不守舍，還命人招蔣玉兒來他的宅邸作客，鎮日與她飲酒作樂，好幾天都不上衙門管事。蔣玉兒不只貌美，聰穎機智的個性也隨即折服了遇昌高高在上的自尊，她見機不可失，費盡手段總算讓知府大人開了金口，願意納她為妾，正式迎娶她進門；對於身處底層妓戶的辛苦女子，走到這步也可謂苦盡甘來、功德圓滿，後半輩子得享榮華富貴了。

蔣玉兒走在知府宅邸的花園，趾高氣昂，睨著園中親手植栽的白牡丹。新婚一個多月了，兩人依舊如膠似漆不肯分離，蔣玉兒好說歹說，才將知府大人勸下床榻，穿戴整齊上衙門辦公。

一名差役神色慌張地闖進花園門，向蔣玉兒作了個揖請安。

「夫人，昌大人命小的來，向您拿取前陣子鹿耳門茶商貢上的安徽上等毛峰茶。」

「喔，怎麼了？」

「是福州水師營那兒來的官爺，來跟昌大人論事，昌大人便想泡茶款待一番。」

「原來如此。」蔣玉兒偏頭想了一想，「雖然我素來不問昌大人衙裡事，不過這幾日總見他眉頭深鎖，像有煩惱。」

「夫人真聰明，昌大人沒說，夫人也猜得到。還不是龐家船，最近又惹怒了朝廷……」

蔣玉兒倏地神色大變，靜心聆聽。

臺廈兵備道查明，近來騷擾沿海的海梟，都是從龐元秀的走私船獲得武器補給，尤其是勢力最大的蔡牽海賊，與龐家船勾搭良久。

蔡牽本就是福建水師營的眼中釘背上刺，必欲除之而後快，若能將蔡牽背後的補給線斬斷，蔡牽勢必孤立無援，坐待等死，海氛必靖，所以福州水師營試圖聯合主管臺灣船政治安的海防同知府，一同緝捕龐元秀。

龐家船……

蔣玉兒心中倏然湧上憤恨之情，隨即心中便打定了主意。

遇昌回府之後，蔣玉兒便開門見山詢問龐元秀之事，但遇昌卻好似對緝龐一事感覺麻煩透頂，打算對水師營的人婉拒合作。

「哎，女人家不必多管。」

「昌大人，小女出身低賤，能遇到昌大人，實在三生有幸。」

「嗯嗯。」

「昌大人出身滿族鑲白旗人，小女自知高攀，始終對大人知遇之恩感動，一直以來，想要好好報答昌大人，如今，小女總算得了一個機會。」

「呵，真是乖巧，說吧，玉兒，妳要如何答謝我呢？」

「這事，有關龐家船。」

「欸，我不是說，甭提這事了嗎？聽說水師營的人，這幾年想抓住他，卻總是給那小賊逃掉，也不知道那姓龐的會使什麼妖術，只要想抓他，官府的船必然出事沉沒，聽說龐家船還有幽靈船的稱號？真是算了算了。」

「大人，難道您也相信荒誕無稽的鬼怪說法？」

「我只是不想蹚這趟渾水，要是答應了水師營的人，卻搞砸了事，或是一事無成，上頭若論罪下來，革職丟官，我還逃得了嗎？」

「大人，我知道如何抓捕龐元秀。」蔣玉兒一出此言，遇昌仍是不感興趣，頻頻打著哈欠。

「我搭過龐元秀的偷渡船。」

遇昌臉色一驚，正臉瞧了瞧蔣玉兒。

「我本籍福建省漳州府龍溪縣人，為了渡臺，我搭過龐元秀的偷渡船，所以知道他們走船的路，也知道怎麼跟他們搭上線，只要設下陷阱，還怕龐元秀不手到擒來嗎？」

遇昌手托下巴，莞爾一笑，坐在太師椅上沉吟片刻。遇氏一族雖為滿人血統，但身為偏房妾室生下的遇昌，官途卻一路坎坷，生員考取戶部之後，卻被授職臺灣官位，上任偏遠小島，根本是被流放。遇昌氣憤難平，對於政事治理也更加虛應敷衍，得過且過，不過，若能立下大功一件，讓朝廷注目於他……

「為了表現小女誠心，我還可以幫大人循線捕抓沿岸的客頭，先截斷這些偷渡船的聯絡網，再將龐家船一網打盡。」

遇昌早知蔣玉兒聰穎本性，衡量之後，心意一定，便決定採納蔣玉兒的建議。

遇昌先與蔣玉兒至福建綠旗的水師營，與當地的官兵合作追緝偷渡船。自從蔣玉兒設局，抓住了客頭老祥之後，遇昌更相信足智多謀的蔣玉兒會幫助自己立下大功。

當蔣玉兒在牢中見到龍萬時，便獻計用假契書離間龍萬，她知道自己只離殺親仇人一步之遙。

龐家船上的金老三，是她永生無法饒恕的仇人。

多年前，她娘重病臥床，爹親就算抵押了田地買了貴重蔘藥，請上知名大夫診治，結局仍是一命嗚呼。為了治病而耗盡家產的爹親，在家鄉已窮途末路，請託了許多人，才終於找上福州城算命攤的龍萬，父女兩人興高采烈地踏上了龐家船，攜手描繪起未來在臺灣生活的情景。

蔣玉兒藏在懷囊中的，是那塊屬於娘親嫁妝的玉牌，娘死後，父親便給了她，安慰她說，這是我們的起家本，只要有了這玉牌，什麼困難都會度過。

「玉兒，妳看，這就是臺灣了喔！」

蔣玉兒的爹親站在甲板上，指著不遠處的大島。海上浪濤劇烈，倚在船首的偷渡客民歡聲雷動，慶祝彼此終於來到這心目中的東方樂土。

時值冬日，海浪漸湧漸高，連體積龐大的戎克船也左搖右晃，險些翻船，蔣玉兒心頭雖然高興，卻覺忐忑不安，回頭看去，一名舵工突然站上甲板，要求眾人再交銀錢，否則不願意度過眼前風浪。

偷渡客民眾聲譁然，一生積蓄早就付了渡船錢，現下哪有什麼餘錢？蔣玉兒躲在父親身後，也不願交出懷囊中的玉牌。

那名舵工隨即皺起眉頭，掃視了海面，看到左舷不遠，有處小沙洲，便指了指手。

蔣玉兒的不祥預感成真，當船隻靠近那處沙洲時，船上眾多水手們便拿著刀斧，逼所有客民一躍而下，不願下船的人，則是一刀見血。原來沿岸風浪大，偷渡船怕觸礁，便打算將一船客民放生到沙洲上，任其自生自滅。

沙洲土軟，蔣玉兒的父親揹著她寸步蹣跚，不久雙足陷入泥中動彈不得。

「阿爹，阿爹！」蔣玉兒趴在爹親的背上滿臉驚惶。

「玉兒別怕，別怕，妳看，岸頭離這裡不遠了，只要……只要阿爹再多走幾步路，妳就可以……可以過去了……」

「我不要，我不要！阿爹不要走了，你走一步就陷下去，很危險啊！」

「沒關係，只要再走幾步……再走……」

蔣玉兒的爹親終究沒有撐到上岸的最後一步，蔣玉兒慌張地從父親背上爬下來，打算牽起父親的手，回頭一看，身後早已沒了人影，遠處浪頭上漂著數不清的黑溜溜的人頭，都在奮力掙扎吶喊。

「啊啊……救人啊……」

在黑色人頭的後方，那一艘綠殼船隨浪浮沉，船首的龍目彷彿圓睜著一雙冷漠無情的巨眼。

——怪物……這是怪物……

蔣玉兒一雙眼不停哭泣，想要逃離那一隻恐怖的怪物。她沒辦法回頭了，她只能往前，不停地往前游，泅到那遙遠的岸邊，爹親跟她說，那裡是多美好的地方，是他們的新生活……

每當東方漸白，結束了妓樓的工作之後，關起門，蔣玉兒疲倦不堪地躺在床上，總會在夢中重新見到那天殘酷的情景。

自從上了岸，幾經波折，毫無營生能力的蔣玉兒，最後也只能淪落到妓樓風塵。

她沒有想到，終有一天竟然還有機會踏上這艘船。

遇昌在水師營得知龐元秀在臺灣的接應口岸時，便派人跟蹤龍萬。隨後得知偷渡船的啟航地點後，便命兩艘快船跟蹤，蔣玉兒也自告奮勇一同上船，沒有料到，出航沒多久便遇上颶風，水師營的快船遇難翻覆，蔣玉兒在海中浮沉多時，才意外爬上一處小沙洲。

仰望龐家船，她遠遠便見到了那名命令水手們將渡客推落海中的舵工，正是金老三。

本來蔣玉兒想藉由遇昌之手復仇雪恨，沒有想到，她有了一個手刃仇人的機會。

這些吃人不吐骨頭的惡人！給了渡民一線希望，卻在最後一刻絕情反背，讓失去希望的人們再無翻身機會，只能無聲無息溺斃在茫茫大海之中。

她憤恨難平，卻微笑著臉，握緊刀柄，感謝上蒼賜與她親自復仇的機會。

7.

「我記得，大爺您曾經對我說過一個故事。」

「什麼故事？」

「在故事裡，您說，很久很久以前，有一名孤苦無依的人，即將餓死。為了活命，他在夜裡來到港岸掘吃海菜，這時，他看見大沙丘下，藏著一顆顆紅色的大鳥蛋，他滿心歡喜，撿蛋返家，可是卻聽見門外傳來轟隆隆的怪聲，一看，竟然是一隻比竹茅厝還龐大的大螃蟹，正揮舞大螯！他恍然大悟，原來沙丘下不是藏著鳥蛋，而是螃蟹卵……那座沙丘正是大蟹居所。那人連夜奔逃，搭上了半夜航行的船隻。大蟹雖然追去，卻不敢輕舉妄動，害怕那人加害它的子嗣，因此大蟹只能隨船而行，甚至成為了船隻的守護神……」

「像這樣荒唐可笑的故事，你真的會相信嗎？」

「難道……大爺您唬騙我嗎？」

「沒錯。」

「大爺您……為什麼騙我？」

「真不知道你是愚蠢還是純真……是呀，我告訴你的所有故事，都是在騙你罷了。」

「為什麼您要騙我？」

「你要記住，你看到的事實，有時候會與真相完全不同。很多人都說，我這條船，是一艘幽靈操縱的帆船，才會來去無影無蹤，但是你待在船上，曾經看過啥幽靈嗎？不是我在騙你，是你自己選擇相信我啊。」

「但我……我想知道您跟我說這些故事的理由。我如今才發現，我出海，不是因為想賺錢活口。」

「那你為什麼出海？」

「因為我想看看，除了塗角窟之外，外頭還有什麼世界……在塗角窟，我活得好累，碼頭上的每個人都厭惡我，連我阿爹也咒罵我是狗雜種，整天叫我滾，叫我去死……我不知道，為什麼我要活著……究竟，活著到底是為了什麼？」

「嗯……」

「以前，我在港庄裡，人人都罵我是怪物，鄙視我，唾棄我，將我看得比地上螞蟻還要卑微低賤，就算低頭過街也有人大聲咒罵，拿著屎尿桶就往我身上傾倒……我實在……實在不知道自己為什麼會出生，為什麼要活著……大爺，我感到很痛苦，為了逃避痛苦，我才搭上了船，想遠遠地逃開……」

「來到這艘船，你還會煩惱嗎？」

「我還是一樣痛苦呀！大爺……我想得太簡單了，船上的生活不如我想像的好，不只辛苦，也常常要做一些殘忍可怕的事情，跟著船上大哥們開砲劫船，傷人殺人，拿著槍彈刀斧跟人拚命，或者把船上的客民推下海餵魚，摀著耳朵聽著他們在海上哀號……我每次只要一閉上眼睛，彷彿就會聽到他們向我求救的聲音……我好痛苦……這些事我實在不願意再做了呀……我好累，也好怕……我不知道我為什麼要上船，上了船又要去哪裡……」

「憨孩子，拭乾你的淚，回去吧。」

「為什麼？」

「因為你的命運不在這座海上。」

8.

——龐元秀真是一位有趣的大爺呢！

林子蒼上船沒多久，便有如此想法。

雖然他初見對方的印象，身為大船戶的龐元秀，只是一位鬢鬚半白，鎮日拿著一管鼻煙吞雲吐霧的胖老爺，身材豐腴，渾厚的下巴都頂到了胸坎上的唐衫衣襟鈕扣了。

每次他走起路來，林子蒼都以為整艘帆船都因他的沉重步伐而左右晃動，他還曾經聽過，船上資深的老水手酒後拿龐爺開玩笑，要是遇到颶風將要沉船，只要請龐爺挪動尊軀，移駕到未沉的船尾那端，包管逢凶化吉。那時同桌共飲的龐元秀不怒反笑，還點點頭讚許，笑說下回可以試試此法管不管用。

船上的日子很艱辛，林子蒼不只要負責炊糧煮飯，船上各類雜活也是他的工作內容。因林子蒼初來乍到，不熟悉船上作業方式，總被嫌笨手笨腳，有次在船板上，幫金老三搬酒桶時滑了腳，幸好龐元秀兩手扶住了他。

「龐……龐大爺，煙管……」原來為了扶住林子蒼，龐元秀無暇顧及手中那支鑲金帶銀的煙管，「砰」的一聲，煙管硬生生撞上木桶鐵箍，霎時間碎了半截。

「不礙事，摔碎就摔碎了，你沒事吧？」

龐元秀顯然毫不在意，拿起斷掉的煙管放入袖裡囊袋，便關心起林子蒼有無受傷。他向林子蒼解釋，這艘帆船接縫都是用蠔殼灰混合桐油製成的油灰填塞堵漏，所以溼滑容易跌跤。

見林子蒼怯然臉龐，生手嫩腳，龐元秀便領著他熟悉船上格局；船甲板下有水艙專門存放食用水，而船首儲物的艙間名叫「水井」，最底艙的壓艙石則是放置各類船運商貨……

林子蒼默默牢記著龐元秀的教導，這幾個多月來，龐元秀總是對他照顧有加。

「我記得你，也是塗角窟出身的吧？」

「是的，大爺。」

「這樣呀……港街上高老先生的草藥店鋪還在嗎？」

「大爺也認識高老先生嗎？」

「當然囉，他是我以前的厝邊鄰居。」

原來，龐元秀從小在塗角窟港長大。

林子蒼聽龐元秀所言，他自從數十年前出海後，便在臺閩兩岸從事走私生意，所以龐元秀對同樣來自於塗角窟港的林子蒼多了分親切感。

「那你知道塗角窟，為何叫塗角窟嗎？」這問題考倒林子蒼了，龐元秀見他搖搖頭，便解答道：「其實，港口旁的河岸，有一座很大的沙丘，土質黏密，剛開始在塗角窟蓋房子時，都是挖取那裡的泥沙，打土磚日曬風乾，再用土角泥磚起厝，久而久之，沙丘挖了個大洞，所以就將這個港口，起了個塗角窟的名號。」

林子蒼沒有想到這一座小港口的名字，也有屬於它的起源，聽得頭頭是道。

「這次到塗角窟港，大爺何不下船去見見高老先生？」

「饒了我吧，我這身老骨頭，觸景傷情呀……」

林子蒼這才想起，每次靠岸，龐元秀從不下船，想必這次抵達塗角窟港，龐元秀也會同樣窩在艙房裡。

雖然對於龐元秀不願下船的行為感到怪異，但在林子蒼眼裡，身為一船之主的龐元秀不容質疑，何況他對大爺只有無比的尊敬。

尊敬的心情，是來自於對龐元秀和藹態度的回報。

就算船上的日子再艱難也無所謂，對他而言，龐元秀甚至比他那位成天往賭坊跑的阿爹，還要像個慈藹的父親。

因林子蒼天生綠眼，聽說娘親產下他之後，因懼怕他一雙怪目，便不告而別，留下阿爹扶養他長大。當然，他爹娘兩人都是正常普通的黑眼珠，所以綠眼的林子蒼從小總被街坊鄰居視為異類怪胎。

「其實，在我看來，你一點也不奇怪。」龐元秀對林子蒼坦言。

「大爺，你不用安慰我啦……」

「我不騙你。我看過很多人的眼珠都像你一樣，就像翡翠珠寶般湛綠的雙目，世上甚至還有藍眼睛的人哦。」

「真的嗎？」

「只不過，那些人都是紅毛的異人。」

「紅毛？異人？」林子蒼聽過港街上的人談論過異人的故事，異人，就是所謂的洋人。聽港街廟口的老人說，似乎好幾年前曾有洋人在塗角窟停船逗留，但林子蒼從來沒親眼見過任何洋人，所以對於龐元秀的描述只是一知半解。

「異人，來自於異邦，他們都是十多尺高的巨人，全身上下豎生著蓬亂的紅毛或是金毛，後背則長著一對黑色的大翅膀，平常都將翅膀收束在豪華的絲絨衣衫底下。但異人天性狡獪凶狠，我每一回跟他們做生理[15]，都要小心謹慎以免被坑騙。只不過，你爹娘都不是異人，但是，卻產下擁有綠目珠的孩子，我也不知道是什麼緣由……我猜測，或許，你的某位曾祖輩有異人的血統吧。」

「我不懂。」

「呵呵，在這座海上，你不懂的事情，可多著呢，像是……嗯，你見識過天頂的流星墜落在這片海上嗎？」

「我……我沒見過。」

低著頭的林子蒼不禁神情羞赧了起來。

「嗯？」

「是不是，只要我繼續留在船上，就會知曉很多奇妙的故事？」

「阿蒼，你覺得我說的事情有趣？」

「這是當然的囉！大爺……如果可以，能不能請您再多說這類的事情給我聽？」

「嗯……」

龐元秀輕輕頷首。

雖然林子蒼對龐元秀充滿好感，但他們兩人見面的時候卻不多，聽船上夥計們說，不知何故，這幾年來龐元秀極少步出自己的艙房，就算船隻靠岸了，他也不下船。所以，當龐元秀向他詢問起塗角窟人們的近況時，林子蒼才會萬分訝異，他總以為龐元秀對於岸上世界漠不關心。

只有用晚膳時，龐元秀才會來到水手們的艙房一同吃食，其餘時間，龐元秀都臥在他獨自的小隔艙中吸煙，外人難得一見。

照林子蒼看來，雖然龐元秀是一船之主，但實際上在船上發號施令的人卻是龍萬，龐元秀在船上的工作，頂多就是與金老三討論航向航速、風候海象等狀況，龐元秀對於龍萬的獨斷專權，顯然也不以為意，仍是隨和地與龍萬相處。

林子蒼年紀雖小，但也畢竟在街頭巷尾討過生活，懂得看人臉色，相較於龍萬那樣皮笑肉不笑的臉面，龐元秀歷盡滄桑、與世無爭的個性，反而讓林子蒼備感溫馨。

●

中秋夜這一晚，龐元秀卻一反常態，並未離開艙房用餐。

龐元秀三更半夜才喚人替他煮粥，林子蒼匆匆忙忙用大火熬了陶盆，丟了尾黑鯛鮮魚下鍋悶煮，用荳蔻去除魚腥，再添入米酒、蒜末和油葱等辛香料來調味，在船上的火房忙得大汗淋漓，才端了碗香氣四溢的魚肉粥糜來到龐元秀的艙房。

一推門便迎面灰白煙霧，想必龐元秀已經抽了一整晚鴉片。

雲霧堆中，唯見一團朦朧黃光閃耀，定睛一看，原來是一盒圓木羅盤，罩著玻璃燃燈照明，盤上依照八卦、天干地支組合排列，龐元秀正在凝神計算航路方位，一隻手托著鼻煙，隨著呼吸輕煙吐納。

「大爺，魚肉粥給您端來了。」龐元秀點頭斜望著林子蒼，雙眼迷濛疲憊，白霧籠罩，彷彿一夜遍生滿頭白髮，「大爺，別說我多管閒事……只是，看您煙抽這麼大，這一個月來早就抽掉幾十斤了吧？我聽……聽港口裡的人說，抽大煙會減壽。」

龐元秀聞言呵呵大笑，偏頭思索了片刻，才請林子蒼坐下。

沉吟一晌兒，龐元秀才撫著自己的大腿輕聲嘆息。

「你知道為何這些日子以來，我少出艙門，連靠岸時，也不願下船嗎？」

「阿蒼不知。」

「我這大腿骨——已經半廢了。」

「啊，大爺，怎麼會……」

「其實，腿的問題倒還好，畢竟我老了，身體自然敗壞。比較大的麻煩是，我想，我命不長久了。」

「龐爺，別又講這種不吉利的話，有話、有話好好說呀！」

林子蒼聞言萬分驚愕。

龐元秀吁嘆一聲，指著自己的肚腹。

「我肚中，長了大惡瘤。」

前幾年，大夫診斷龐元秀腹中生瘤，導致肝經異行，陰液殆竭而血脈不通，藥石已然罔效。莫名而起的病灶，找不出理由，也找不著治癒的方法，病蟲只是一點一滴蠶食著病人的精氣。

「我將要死了。」

「大爺，不要灰心，只要、只要再多找一些醫術高明的大夫，來幫您視診，肯定會有轉機，您……不要灰心。」

「畢竟是自己造的孽，自己吞的苦果。」望著泫然欲泣的林子蒼，龐元秀一臉安適，只是輕輕撫摸他的額頭，「這兩年多來，我早就行走不便了，至於這鴉片，也是大夫開給我的處方，但治標不治本，雖然不能治癒疾患，但減輕疼痛，倒是有效。」

龐元秀的無名之疾，讓他鎮日忍受疼痛的侵襲，最後不得已，才必須以鴉片止痛。也因為這病痛拖累，這些日子以來，他已逐漸無法親自掌管渡船事業，只能將船上事務全權交給龍萬與金老三打點。

「我如今擔憂，剩下一船弟兄在我死後，該何去何從。這幫弟兄跟著我那麼多年了，海口上賭生命，浪頭裡求富貴，以後的日子不應該還是那樣艱辛。」

「大爺，您打算……？」

「為了替兄弟們找好後路，我早就打點了一切。」

龐元秀告訴阿蒼，他在一年多前，便請人在塗角窟看好了風水，建了幾棟房，在庄頭郊外也買了好幾甲田地，不動聲色地花去了這幾年跑船攢下的壓箱番銀。

「雖然我知道在岸上過生活，跟船上截然不同，我也不會勉強弟兄們下船，只是這偷渡生意畢竟危險，若是被官府抓到，就糟了。」

只要這趟水路抵達塗角窟港口，他打算和船上的兄弟坦白情況，雖說是散夥分財，但他替兄弟們在港岸邊買下的田地和房契，只需要向耕地的佃戶收取租金，也足以讓一夥兄弟一輩子不愁吃喝。

林子蒼應聲附和著龐元秀的規畫，不知講了多久，龐元秀又因身體疼痛而呻吟起來。

林子蒼趕忙遞上鴉片煙管。

「不了，今仔日抽夠了，就到此為止吧，你出去之後，順便替我喚來龍萬，我想先跟他說明這件大事。」

林子蒼點頭應了聲好，便輕聲闔起艙門離開。

當他在船頭將龐元秀的命令告知龍萬時，想起龐大爺透露將死的心聲，林子蒼心中充滿了哀戚。

明日前往塗角窟之後，龐大爺便要給兄弟們一個安身立命的家。

這一次航行，應該是這艘船的最後任務了。

眨著炯炯綠眼，林子蒼打定了主意，就算龐大爺散了伙，讓一夥兄弟在塗角窟退隱歸田，他也要與龐大爺一同進退。

9.

「大爺，您不會再講故事給我聽了嗎？」

「沒錯。」

「可是……我很喜歡聽您的故事。」

「憨孩子，我已經沒有故事可講了，接下來，你要去找自己的故事。」

「我……我不知道該怎樣做。」

「你知道為什麼這條黑水溝，每個人怕雖怕，卻不怕死，偏要搭船過渡嗎？」

「我不知。」

「因為，每個人都在尋找屬於自己的故事。有些人，來海上找財寶，有些人，是為了養家活口，有些人揚起船帆，是為了權力，甚至有些人，是為了長生不死才出海，呵呵，真是太可笑了……說穿了，每一個人都是為了實現自己的慾望，才來到這座海上。每一個人拚死拚活想抵達的彼岸，卻是同樣的虛幻呀，就像是泡沫一樣，終有一天會消散。蟄伏在這座海上的妖怪，也只是那些慾望剩下來的殘渣。所謂的故事，只是夢醒的領悟罷了。」

「我……不懂。」

「不懂，才是好事情。總有一日，你會懷念起自己曾經一無所知。」

10.

來到了船尾的艙房外，蔣玉兒呼吸緊促。

在沙洲上站了一夜，衣衫上盡是海水的溼黏腥味。

水氣貼伏肌膚的寒涼觸感，總讓她不自覺地回憶起多年前，在海中獨自泅水的恐懼……

抓緊匕首，她卻發現艙門早已敞開。

艙內空無一人，蔣玉兒一愣，背後忽然傳來一聲響亮斥喝，嚇得蔣玉兒回頭。

來人不分青紅皂白，向蔣玉兒衝刺而去。

出於自衛與慌張，蔣玉兒與那人相互扭打，人影掄著拳頭揮舞著。

她憑恃著艙門外的月光，才看清楚來人是龍萬。

但龍萬卻像是瘋了一樣，彷彿受到什麼不得了的驚嚇，像盲人一樣出拳攻擊蔣玉兒，嘴巴同時喃喃自語，不時傳來讓人戰慄的嗚嗚聲。

雖然龍萬塊頭魁梧，攻勢凶猛，但總是拳頭揮空，蔣玉兒左閃右躲，仍是駭怕不已。眼看龍萬終於一把擒住了蔣玉兒的襟領，隨即大吼了一聲。

她閉著眼睛，雙手將匕首刺去。

「啊……」

龍萬張口喊叫，往後倒退跌下，喀咚一聲，步履踉蹌地撞上欄杆，雙手胡亂擺動，掛在桅木上的魚鉤被他雙手一扯，直往他的頭殼直直掃去。

鮮血飛濺。

蔣玉兒渾身發抖，低頭一看，匕首早已成了一把紅刀子，燙熱的鮮血抹著她的雙手，豔紅色的血沾滿了她的全身，她腦勺一昏，便厥倒在地。

●

「龐元秀！龐元秀在哪兒？快給我找！」

遇昌大人一襲石青色雲緞官服，立身船頭甲板，手持一把洋式槍銃，朝夜晚的天空恫嚇似地發射一槍，神氣十足，指揮海兵在船上四處搜索。

遇昌前後派出的水師營快船共有兩艘，蔣玉兒乘坐的哨船遭颶風淹沒之後，另一艘僥倖逃生的船隻在夜裡發現蔣玉兒的赤煙訊號，乘坐其船的遇昌便下令趁夜色起帆，緩速前進。

不久，遇昌便看到停泊海上的詭異船隻。

照理來說，船首依例律，需書寫上州縣字號，但此船卻只寫上船號，並且船身通體漆綠，若是正派船隻，依照律法，船隻顏色或紅或白，而閩海一帶的綠殼船，則是非賊即盜的海上宵小。

遇昌不禁撫手大笑，心想自己總算要立功升官了。

「不管你是什麼鬼船還是幽靈船，這下子讓我逮到你了！」

遇昌隨即傳下命令，熄燈降帆，讓船隻順著水流方向，悄悄繞行至龐家船後側，再以舢舨小船接兵勇摸黑爬上偷渡船。

龐家船上的眾水手們尚在睡夢中，還來不及起身抄拿藤盾板刀，便已被祕密上船的兵勇刀劍穿心，命喪黃泉。

偷渡客民也慌張大喊，兵勇們毫不留情面，只要見人反抗喊叫，便是一刀掃去，紅色的鮮血濺滿了船帆，甲板上一片哀鴻聲不絕於耳。

「你娘的，開什麼鳥槍，這麼囂張！呿，摸黑上船，算啥款傢伙！」

舵工金老三和一堆重傷的水手們被五花大綁，壓倒在甲板上動彈不得。

金老三氣憤難耐，只能不停咧嘴叱罵。

當他在船尾龕房守更時，偷了空閒溜出艙外透透空氣，卻突然在甲板上被兵勇偷襲，迎面就是一刀，金老三閃避不及，腰間扎扎實實挨了一個血口子，他蹣跚著步伐，向兵勇怒吼撲去，兵勇們一擁而上才制伏了金老三。

金老三臉貼著船甲板，口沫橫飛地詛咒著，遇昌蹲下身子，一手攫起金老三的辮子，瞇著眼睛瞅著金老三扭曲的臉龐。

「說，龐元秀在哪啊？」

「我呸！」

「再問一次，龐元秀呢？」

「你吃屎！」

「海兵上船都一個多時辰，不知好歹的水手都去見閻羅王了，整艘船搜遍，怎麼不見龐元秀？」

「哈哈，龐大哥一定是逃走了，你這蠢官！嘿嘿，你也猖狂不久了，脖子洗乾淨，等龐大哥回頭找你報仇吧！要我坐枷，門都沒有！」

金老三看準身邊兵勇的銀亮腰刀，扭頭一擺，屏氣奮力往前靠上，一抹血痕噴出了一道血花，濺上了知府大人新裁的對襟官服。

遇昌一臉不鬱，甩開了金老三的辮子，頭顱砰的一聲沉重跌下。

他起身尋思，雖然船隻緝捕順利，但罪魁首犯龐元秀卻在船上遍尋不著，在他的艙房外只找到已經氣絕身亡的龍萬，以及昏倒在旁的蔣玉兒，但所有的艙房內卻空無一人。

「報，昌大人，方才有一小兒趁亂跳船，士兵往海面瞭望巡視，但海面陰暗，什麼人影也找不著。」

「走脫了一名孩童嗎？嗯……」

遇昌心中估量了半晌，拿定主意，便挪步走到龍萬的屍身旁，命令海兵割下他的腦袋，當作是龐元秀的人頭，放入木盒包好，屆時要懸掛於福州城門，示眾三十日。

吩咐屬下照顧好昏厥的蔣玉兒之後，遇昌扶著船欄杆，滿面春風。

旭日初升，臺灣島嶼的輪廓逐漸鮮明，遇昌心想，只要朝廷賞功簿上記上了他一筆功蹟，想必魚躍龍門，即將調職回朝，從此遠離這荒山野嶺的臺灣了。

——臺灣島呀臺灣島，你還能困我多久呢？

迎面一陣颯爽海風，吹得遇昌心花怒放。

11.

「大爺，以後……我也會找到我的故事嗎？」

「一定會有的，只要你繼續活下去，會遇到更多的故事，製造更多的故事。」

「像我這樣卑微的人……也值得活下去嗎？」

「你值得活著，未來的日子，也會遇到許多美好的事情。」

「但我活得很痛苦呀……就算世上有什麼好事情，也不會輪到我。」

「遇到我，你感到快樂嗎？」

「我很高興能遇到大爺。」

「這就是一樁好事了。」

「若是上了岸，我還能跟隨大爺嗎？」

「不能。」

「大爺，您……您厭惡我嗎？」

「我很欣賞你啊。」

「那為什麼……」

「因為，咱就要分別了。」

「為什麼？」

「沒有為什麼，因為現在，就是分開的時刻了……阿蒼，再見了。」

「我……我不願意。」

「再見了。」

「啊，大爺……您別走呀！大爺……大爺……」

12.

「大爺！」

海面上，只見一抹沉浮人影。

林子蒼總算從深沉的迷夢中甦醒，才發現半夢半醒的自己，正不斷呼喊著龐元秀，但嘴巴一張開，隨即鹹澀苦味的海水便毫不留情灌入他的口鼻，嗆得他眼淚直流。

好難受……快要死了……

他一陣昏眩，頭疼眼花，幾乎就快要沉入水中。

他只能不停地晃動手腳，奮力掙扎。

林子蒼嗾了好幾口海水，在幽暗寒涼的水波中起伏漂蕩。

喘了好幾口氣，林子蒼慢慢回想到方才情景，便心有餘悸。

夜半，他請龍萬去龐元秀艙房之後，因為好奇，便躲在甲板儲水木桶旁偷聽，沒想到房內傳出一發不可收拾的爭執吵鬧。

「你說要散夥！」

「別這麼氣憤，坐下談談。」

「我早就知道你心懷不軌，這幾年，你從兄弟的錢庫撈了多少，你說！」

「你怎麼……」

龍萬狠狠揪抓著龐元秀的衣領，跌出門外，嚇得林子蒼六神無主。

他從來沒有看過龍萬顯露出如此毛骨悚然的恐怖表情，脖子青筋漲紅，一雙眼睛都要噴出火來。

龐元秀想努力掙脫龍萬，無奈肥胖的身軀脫身不易，龍萬雙手便掐住龐元秀的脖子。

「你……你這傢伙，別跑！」

龍萬抽出了隨身袖刀，往龐元秀砍去，龐元秀伸出厚實的手掌奪下了銀閃閃的刀子，往前一劃。

「啊！」

龍萬摀著雙眼痛苦哀號。

龐元秀氣喘吁吁，竭盡全力起身，倚靠在甲板欄杆上，龍萬胡亂揮拳，發癲似地往龐元秀撲去，龐元秀重心不穩，「撲通」一聲，龐元秀便登時落海。

眼睛受傷的龍萬，彷彿不知發生何事，蜷縮著身子嗚咽喊叫。

林子蒼萬分驚恐，想衝出去察看被推出船外的龐大爺，卻心生膽怯，雙腿一軟動彈不得，趴跪在地。

隨後，林子蒼便看到蔣玉兒輕聲來到。

發狂似的龍萬又與蔣玉兒雙雙扭打成一團。

結果，龍萬意外被魚鉤刺穿腦袋，一片燒辣的血漿潑灑上林子蒼的蒼白臉龐，他即刻緊緊闔起眼睛，什麼話也說不出口。

等到前方打鬧聲止，不知道過了多久，林子蒼總算鼓起了勇氣，向前爬看，龍萬和蔣玉兒躺臥一旁，一動也不動，像是死了。

林子蒼驚呼一聲，跌坐在地。

「龐大爺……對了，大爺呢？」

林子蒼心神一定，連忙靠上欄杆往海面呼喊，但卻是悄然無聲。

這時，遠方有艘船隻悄悄駛近，船篷上繪了水師營特有的官徽圖。

林子蒼心驚膽跳，龐元秀曾教過他，遇到水師營的人，必須趕快逃走，否則被抓到就是九死一生。

官兵們摸黑上船之際，林子蒼仰頭深深呼吸了一口氣，便躍上欄杆，毫無遲疑地跳入茫茫大水中。

他不知究竟發生何事，為什麼龍萬會跟龐元秀起衝突，為什麼兩人甚至鬧到你死我活的地步？

為什麼，那名剛上船的女子會殺死龍萬？

又為什麼，水師營的人會在這時候祕密來到？

諸多的為什麼，不停在林子蒼的腦中打轉……他感到暈頭轉向。

這一切，就像是一場無法醒來的黯夜噩夢，他不知道夢的結局是什麼，也不知道自己哪時候會醒來……血腥、折磨、殘酷的事情不斷在船上輪番上演……他好累啊，他疲累的身體像是一具被掏空的空殼子。

為什麼，人們要互相傷害，互相欺騙，互相爭鬥，到底……是為了什麼？

為什麼？究竟這一切的混亂、折磨與傷害，是為了什麼？

為什麼呢？為什麼？

對他而言，這世界充滿了太多無法理解、不可思議的事情，林子蒼心亂如麻，但就算問為什麼，此刻再也不會有人像大爺一樣好心，向他詳細解答。

——大爺！大爺！你到底在哪？為什麼會發生這些事？我……我好害怕啊！大爺！

許許多多的「為什麼」緊憋在他的腦子中，即將爆開的思緒，讓他喘不過氣來，他一陣眩暈，便不省人事，往海中靜靜沉落。

為什麼我一定要活著呢？就讓我死在這一片大海裡吧……

就讓我無聲無息地死去，沉落在這一片大海中……因為我根本不值得活下去……因為活著根本沒有任何意義……我好累，好累……

活著……真的太累了……

喪失意識之前，他只聽到海面上傳來短兵交接的吵鬧聲，那些發瘋似的嘶吼就像是野獸們的咆哮聲。

那是一個充滿煩憂與苦痛的世界，那是一個充滿著恐怖怪物的世界。

林子蒼不願再返回那一個難以理解的世界。

他又陷入了昏迷。

不知道過了多久，他卻被冷冰冰的海水所驚醒，他竭力踏腳划水，才終於讓自己浮出水面。

「龐大爺！龐大爺啊！」

他在水面上不斷呼喊著。

只有龐大爺，還讓他一心掛念。因為，他仍舊相信，只要找到龐元秀，大爺便會帶他遠離這一連串恐怖無比的噩夢。

終於，晨光漸亮，他才逐漸看清自己，正漂流在偌大廣袤的海洋中，無邊無際，四面八方皆不見任何船隻。

就算疲累得想要放棄，他雙手依然不停划動，一個浪頭便掀得他東旋西轉，猛烈嗆咳了好幾口海水。

一想到龐元秀，他眼淚便忍不住奪眶而出。

好累，好累，手腳划動，全身無比痠痛，但他不能停下來，大爺還在等著他。

他想起了塗角窟，他與大爺的故鄉，就在遠方的岸上。

突然，他望見不遠處的浪頭，浮沉著一個人影。

「大爺！你還活著嗎？」

他往前再度奮力划去。

沒想到，前方竟然響起嘩啦啦的巨聲，從海面上噴濺起一道廣大高聳的巨大噴泉。不對，不是噴泉，那竟然是……

是一個碩大無比的奇異物體，從海中倏然浮升……

「這是……？」

黑色的巨大物體在水面上載浮載沉。

晨曦的燦爛陽光映照在怪異物體的背殼上，雙邊大臂正瑩瑩散射出晶亮油黑的光滑色澤。

林子蒼目瞪口呆，不敢置信，難道自己還在做夢？

彷彿有靈，比帆船還要龐大的奇異物體，緩慢而溫柔地馱負起前方海面上沉浮的身軀。

順著它漂流而去的方向，林子蒼眺見前方海浪中凸出的丘陵，正是臺灣島嶼的山脈。

彷彿一種神祕的指引。

林子蒼停止住不斷划動的手腳，眨了眨翠綠色的眼睛，凝望著往前漂去的巨大生物。

渡行海上的漫長時日中，纏繞心頭的諸多「為什麼」，至今陡然煙消雲散，隨著浪上的水花泡沫滾捲流逝而去。

宛如有所感應，林子蒼內心驀然湧起了一股奇妙的暖流，他強硬忍住自己想要大哭一場的莫名衝動，深吸了口氣，他便再度奮力往前方啟程划去。

龐大爺就在前方，林子蒼心中深深明白，只要他奮不顧身往前划，跟隨著白沫波濤的指引，他就能找到龐大爺。

找到屬於自己的故事。

在朝陽遍照的大海上，臺灣島嶼的山稜線正閃閃發亮。
港灣就在前方。

魔神仔

閩俗好鬼，漳、泉尤盛。小民終歲勤苦，養生送死且不足，輒耗其半以祀神。病於神求藥，葬於神求地，以至百事營為不遂者，皆於神是求。

——姚瑩《東溟外集・卷四》

1.

遠方的天際雷鼓陣陣，海風襲來一陣颯涼，微潤的溼氣像是隱藏在空氣中的無形訊息，傾訴著雨季即將踊步前來的風信。

吳阿爐沿著大肚溪走去，溪音響亮，一抹輝白劃過眼前。

白羽黑喙的暗光鳥[16]振翅驚起盤旋，聒聒嘶吵，他猛一閃身，才避免被咄咄逼人的尖鳥嘴順風啄傷。

現下正是暗光鳥交配結束後育子的月份，領域性強烈的牠們，護子本能萬分強烈，敵視著任何可能威脅，澤禽類數暗光鳥叫聲最為淒厲難聽，阿爐依稀猶記，毗鄰溪口沼澤的蘆葦叢，向來是牠們巢穴的大本營。

他咂嘴嘖嘖數聲，搖了搖頭，左手便重新提好青色的竹籃筐。

牛車路旁的這片大肚溪岸位處偏僻，毫無人煙，不過他知曉多年前，此岸也曾有人棲居，只因現今水道更改，往日風景再不復見。

從汴仔頭庄走回塗角窟港，風聲愈猛烈，他瞇著眼瞻眺著遠處，海口閃著粼粼波光，

16 暗光鳥：夜鷺。

更遙遠的海平面上，西落的朱赤日輪，正將洋面上三三兩兩的大型船隻映得滿帆流金豔紅，模糊得望不清帆上船號。

只要入夜後便入港不便，所以那些帆船應是從塗角窟港啟航，朝著對岸廈門、獺窟港、或者蚶江港而行吧。

自從北邊梧棲港在道光年間逐漸淤塞之後，位處大肚溪出海口的塗角窟港場，便順理成章成為臺灣中部唯一良港，貨運吞吐量逐年攀升，貿易產值甚至足以與南方的鹿港比拚。

阿爐曾聽庄頭裡父祖輩之人說過，數十年前，在遙遠歲月的曩昔時空中，塗角窟港除了是小漁村之外，也是海賊們與偷渡船的祕密口岸，依靠走私軍火貿易而發達，但隨著人口居民逐日增添，清廷衙府也分駐此地，海賊與偷渡黑船的身影才漸漸消聲匿跡。

時至今日，塗角窟港街上百業爭榮，近來咸豐之世[17]，商家雲集，港灣可容納兩百餘艘帆船的塗角窟港越顯興盛，甚至有時貨運量過大，連駛進港灣的船隻也會前後壅塞碰撞。

一想到港口船務貿易日漸繁盛，阿爐心頭便一陣欣慰，這幾年在港口上奮鬥不懈戮力耕耘，總算並非徒勞白費。

再加上明日妹妹的喜事，他心情更顯愉悅。

他手提著一大籃篾竹織成的青漆籐筐，筐中正盛放著鳳梨、椪柑、紅棗……等供果，顆顆水果色澤豔亮飽滿，彷彿要從筐籃上包覆的大紅綢裡爭相鑽出。他不停抬頭仰觀天際，因擔心落雨而加快的步伐，差點就晃翻了整籃筐供果，糟蹋好不容易在汴仔頭庄的水果行，買來了從西螺進貨的當季水果。

從港岸南大街一路踅去，雖是薄暮入夜時分，港口街肆上各行各業的攤販市集早打烊了，但愈往前踏去，人群卻不減反增，喜氣談笑，一陣鑼鼓響聲轟然疊沓，紅燈籠沿街綻放如花，「叭哩叭啦～」的噯仔聲[18]元氣十足地搖震厝間巷壁，湊鬧熱的鄰居們正熱情地招呼彼此。

——明仔日蔡家娶泉州媳婦，今夜請戲班來搬傀儡戲，咱快去看吧！

阿爐東耳一聽，鑼鼓師正依次奏著〈三仙〉、〈加點官〉等等扮仙樂，看來還來得及，宣示祝願傀儡即將開演的「鬧廳」儀式方開始，他還來得及把手上的供果呈上蔡家天公座前的奉桌。

當地鄉野傳統習俗，男方結婚前夕要備香案酬請天公、三界公與南北斗諸神明，請傀

---

17 咸豐元年（西元1850年）～咸豐十一年（西元1861年）。

18 噯仔：潮州嗩吶。

傀儡戲還願眾神明讓兒子順利平安長大、結婚，而「泰泉軒」傀儡戲班便是他從鹿港介紹而來，幫蔡家慶賀「完婚願」，團裡的傀儡主演師，則是他幼時認識的好友阿榮，多年後因緣際會巧逢後才又聯絡。

塗角窟庄頭，民風向來虔誠信仰神鬼，只因當地古來盛傳，棲居於庄外大肚山的山鬼會化身為魔神仔，下山擒食天真無邪的稚齡孩童。

失蹤的孩童們，都進了魔神仔的肚腹。

也有一說，魔神仔其實是人死後精魂幻化成鬼。

抑或，魔神仔是無法消滅的怨念累積而成，轉化為無形之物徘徊人世。

但，無論是何種說法，都無法獲得證實。

不過，塗角窟庄之所以懼怕魔神仔對孩童的威脅，是因為這並非只是傳說而已。

尤其十幾年前，塗角窟庄頻頻發生孩童失竊案件後，庄民們更對魔神仔心存畏懼，拜神愈篤。

所以當地婚姻禮俗，也流行舉辦「完婚願」，感謝神明保佑家中男子順利長大成人，不被魔神仔抓走。

這一次在塗角窟港街上舉辦「完婚願」，其實是即將與吳家女兒成親的蔡家所舉行，阿爐之所以會幫忙供桌的布置，原因是戲團方面搞了烏龍。

本來祭物供品，都該由戲團方面準備，但一刻鐘前，阿榮師在蔡家大廳前方擺好五色彩紙糊成的三層天公座[19]，排妥五桌祭品，將紅龜、檳榔、紅圓、麻荖、甜粿、三牲依次擺放，阿榮師才驚訝地搔搔腦袋：「哎呦，壞了，一忙竟忘了四果！」急忙請人出外採買，阿爐眉頭一皺，雙手環抱胸前，劈頭責罵起阿榮師糊塗個性，嘆了一口氣，他還是前往水果行幫忙購買，說到底，畢竟是他轉介傀儡戲班給蔡家，他可不想婚宴前一天便打壞了親家印象。

「這不是吳先生嗎？恭喜恭喜，蔡家能娶到您小妹，真福氣啦！」

一路行經市井街廓，不少人見到阿爐便彎身行禮，作揖恭賀吳家小妹出嫁，顯見阿爐在地方上舉足輕重，而爭睹蔡家傀儡演戲的路人談笑聲，也渲染了他的心情，少笑的僵硬嘴角也不禁勾起笑紋。

搬演傀儡作為婚宴前一天的婚願禮儀，除了敬天拜神的用意之外，也希望向鄰里昭告娶媳婚事，多來些人潮為婚事添添喜氣，阿爐雖為小妹蓉芳明日的婚事歡喜，卻難免想到昨夜與她的一番對話，他眉間不免多了抹擔憂神色，不知蓉妹是不是已經和阿爹提起那件事了呢？

19 天公座：祭拜天公之紙糊燈座，供天公降駕。

——原來，蓉妹看得到鬼，而她在厝內看到的魔神仔……

天際傳來悶響的雷聲，阿爐祈禱雨水不要太快落下，若要落雨，至少也等到三更後，完婚願結束再落雨吧。

旋步邁進巷子間，便是蔡家大院前的廣場，廣場前搭建了方方正正的傀儡戲棚。吳阿爐遙望而去，見到竹戲棚一隅，蓉芳正與阿爹並肩佇候。

張目眺去，戲棚是由大小綵樓搭成，綵棚高一尺，用朱色布幕圍成四方，戲幕繡著八仙與「泰泉軒」的字樣，戲臺兩旁各插著白甘蔗與紅燈籠，從港灣襲入巷弄間的涼冽海風，撲吹著燈籠與布幕啪啪作響，戲棚側邊的竹架上擱放著十多尊的傀儡戲偶，也不禁在風中搖頭晃腦，小生、旦角、老生、以及黑面的田都元帥[20]一應俱全，竹架的最遠處，則勾懸著一尊白面束髮的花童傀儡。

它比其他傀儡還要乾瘦，小鼻子小眼睛，白臉粉衣，一襲紅圍兜穿罩著，兩手正直直垂放腰間，眉目神態與童子無不畢肖，只是分不清它究竟是男孩，抑或女童？

阿爐面有難色，望著那尊分不清男女的木頭傀儡，緊抿嘴唇，彷彿意外瞥見了讓人甚不舒服的物事，但為了將手上供果布置供桌，又不得不繞經那尊木偶。

他嘆了嘆氣，便快步掠過棚架。

他感覺到擦身經過花童木偶時，木偶白臉上的雙眼正輕輕掃過他臂膀。

他上半身一陣發麻。

如果可以，他希望永遠都不會跟傀儡戲班有所瓜葛，這次是逼不得已，蔡親家公熱切拜託下，他才勉為其難，聯絡多年未通音訊的阿榮師，他早已打定主意，往後他倘若婚媒，他決心不請任何戲班酬神。

放好水果後，他便循繞戲棚另一邊過去。這時，一名紅頭道公正手捻束香，領著阿榮師與蔡家大小，正在棚前敬天告神，這是傀儡戲開演前的必經儀式，身披玄黑道服、頭頂雷紋繡帽的道士嘴中念念有詞。

「……謝天公謝地公庇佑蔡家後生裕文長成完婚，搬請列位眾神明來做主人，天公祖來鬧廳、祝福！列位神尊爐前，開恩赦罪！……今備香花，聞香叩果，敬答上蒼玉皇、地公祖、三官大帝、南斗星君、北斗星君，開恩赦罪喔！」

道公低首三拜，便擲杯筊請神明決定戲齣，「……願答謝您〈狀元回府〉！」道公口念咒語，蘸點田都元帥座前牲禮盤中的酒，向四方點灑。

「一座好香焚金起，滅作王賜照烈池，金杯斟在金杯上，斟在金杯底，出獻酒。相公請酒，弟子收酒，眾弟子高陞發財，拜請田都元帥！」

20 田都元帥：民間藝曲界的戲神，傀儡戲中也是演師專門用於祭神之戲偶。

請神淨臺念詞語畢，他雙手交疊一拜一喝，便將香炷置於田都元帥面前，請神觀戲，羯鼓拍板喧囂四起，鑼鼓陡然齊奏，阿榮師便躍上戲臺，搬演狀元戲齣，阿爐看到蔡親家公正熱情邀著阿爹與蓉芳入席觀戲，即將與蓉芳成親的蔡家少爺蔡裕文也靦腆入席。

入夜天黑，儘管陰雷蓄勢，卻澆不熄港街上觀戲民眾的熱情目光。

蓉芳瞥見一旁的阿爐，便微笑招呼。

望著蓉芳淺笑面靨，他心想，昨夜她的不安與憂慮，是否都解決了呢？

他一心希冀蓉妹能早日收拾心情，邁向自己的嶄新生活。

演師在戲臺上按捺十多條的黑色絲線，白面書生的狀元正騎著一匹黑馬在臺上繞行，還同時抬手搖扇，仰首吟詩，活靈活現，神韻仿若真人，臺下觀眾又是一陣喝采。

但他心思卻不在臺上，恍恍惚惚，心緒總飄向看不見的後臺，那裡是否還懸掛著那尊奇異的童子傀儡呢？

他頸肩一陣熱汗淌下，轉頭望向蓉芳與父親，兩人正並肩而坐，入神看戲，蓉妹神情已然不像昨夜那般慌張失措。

他想，關於阿青的事，她應該與父親討論過了吧。

他閉目暗忖，希望蓉妹出嫁後，一切都好，如此一來，這些年來他作為大哥的責任總算能功遂身退。

快落雨了吧，他感受到空氣中潮溼的水氣，港口即將迎來雨的季節。天邊即將落雨的預感，莫名牽引起他煩懣難安的心緒。

2.

昨日雲低薄暮之時，許久未下廚的蓉芳破天荒洗了手，切菜煮湯，不只是幫家中宅僕剁煮四季豆、熬了一鍋紫菜蛋花湯，更親手烹了盤醬滷苦瓜；她將苦瓜油煎至金黃透亮再添灑醋、糖、蒜末，炒苦瓜雖味苦，但配上紺黑色的梅乾菜適當提勾香氣，澀刺刺的苦瓜味也能回甘提味。蓉芳體貼父親最近身體欠佳，又擔心日後出嫁，無法時時刻刻照顧他，才想要用這別名「半生瓜」的苦瓜料理替父親滋陰養血、消暑清熱。不得閒忙了良久，晚飯時蓉芳卻心神不寧，在餐桌上鮮少下箸吃食，父兄見狀也相視微笑，想說待嫁女兒心果真是難解。

當晚六月季夏之夜，溼熱至極的氣候，未雨的溽暑感覺，就像是被溼黏棉被裹住全身一樣不舒服。大喜之日將近，蓉芳整夜始終心頭鬱結，像是沒頂淹入了一潭深不見底的池水，鼻息如窒。已過了暮夜丑時，躺在眠床上她雙眼瞪圓，瞄著避蚊紗帳心思百轉，翻來覆去無法入眠，便起了身，趿了鏽花弓鞋，穿越萬籟俱寂的花木庭園來到側院，敲了敲帳房的木門，想必阿爐仍在熬夜撥算盤記帳。

「阿兄……」房門中，阿爐翻閱帳簿的指頭驀然停下，招了招蓉芳坐下，燈火搖曳的影子裡，她愁眉苦臉，悶慨慨地凝望著阿爐，眼神飄忽，不停朝房內張望顧盼。書帳房內空間窄小，只排放了一架陳年桃木書櫃和一對雕花桌椅，她一雙溜轉轉的眼彷彿在尋覓些什麼。

「在找什麼嗎？」

蓉芳似乎有話鯁噎在喉，阿爐有些意外，向來率直、藏不住話的小妹竟也會如此吞吞吐吐，看來婚事也讓這性子倔強的小妹煩惱不少。

「哎，婚禮我和阿爹都準備妥善了，妳免煩惱啦。」

蓉芳深吸了口氣才坐下，抿了抿薄唇才開口，「阿兄，這些日子辛苦你了。」

「這麼有禮，倒是不像蓉妹了。」

「呵……」聽到素來嚴肅寡言的阿爐竟會調皮挖苦，不禁讓蓉芳淺淺一笑。眼前阿爐溫煦的臉龐，讓她安心不少。每當看到大哥的穩重雙眸，總讓她忍不住回憶起小時候。剛到吳家那天傍晚，阿爹向她介紹阿爐之後，身長比她矮了半個頭的阿爐瞇著眼一臉老氣，直挺挺朝她翹望，抬起手便拍拍她肩膀：「以後，我就是妳阿兄！」不禁讓蓉芳噗哧笑出。

真裝模作樣，她打心底瞧不起眼前膚色黝黑的遲鈍男孩。

但男孩果真說到做到，每當街上的孩子欺負了蓉芳，他肯定第一個跳出來袒護。有次蓉芳和鄰街女孩比鬥毽毬，拿了一兩銅錢用紙包起來當毽子踢，心傲好勝的蓉芳輸了女孩，一氣之下便撕破毽毬，捏著銅錢出言譏諷：「妳贏又怎樣，妳厝內連賽毬也沒有。」鄰街女孩又羞又怒，扯著蓉芳辮子，剛從庄內學堂返家的阿爐一見，便不分青紅皂白，掄起拳頭揍打鄰街女孩，也不管她比自己還年幼瘦弱，一陣揮拳猛打毫不手軟，而對方也不甘示弱，拿起石塊往阿爐眼角砸去，蓉芳看得獃了……回家路上，蓉芳不禁對阿爐感到抱歉，但他只是用手撫著流血的臉不說話，此刻蓉芳才開始對這名「阿兄」有了不同的心情。

「我知道妳緊張，三茶六禮，婚媒就是這麼多禮數，但後日才是妳迎親，咱明仔日先參加蔡家的完婚願，免驚惶啦。」

阿爐放下了帳簿，輕輕拍著小妹肩膀，蓉芳看著哥哥微笑爽朗的臉龐，頓覺窩心不已。

「我只是在擔心……」

「蓉妹，蔡家不會虧待妳，妳別擔心，雖然裕文妳只見過他幾面，但我拍胸坎保證，他絕對會好好疼惜妳。」阿爐真誠地凝望著她，安慰她不安穩的心情。阿爐與裕文相識已久，對他人品與性格充滿信賴，也只有裕文才會讓他放心將妹妹的未來與幸福交予他。

吳家經營的郊商公號「吳勝興」是統領塗角窟港糖郊[21]數十家郊商的龍首，靠著出口有「白玉」美名的白糖生意起家。自從數年前，老當家吳展伯退下位子，接位的大兒子阿爐憑恃著高明的經商手段，擴展了「吳勝興」原有的糖業貿易，還拓展其他農產品出口，塗角窟港一帶的米、豆、麻、牛皮出貨都由「吳勝興」經手，人人皆尊稱阿爐為「吳先生」。

與吳家二小姐訂婚盟的蔡家少爺蔡裕文，則是港街上經營藥材生意的大商戶，雖為獨子卻年輕有為，接掌家業後便備受好評。前年「吳勝興」為了拓展貿易想出口龍眼、薑黃製成的中藥材，阿爐便和蔡家接洽業務，蔡裕文溫和儒雅的風範令阿爐印象深刻，兩人不久結為至交。吳家女兒蓉芳會與蔡家訂親，阿爐也是兩腳居間、功不可沒的介紹人，他一心相信，這是一個能讓蓉妹託付終生的好人家。

不過，雖是才子佳人、門當戶對的天作之合，但當兩家媒妁之事傳開，卻在塗角窟港街掀起了不小的議論波濤，只因吳家是居於港口東北「上塗角窟」的泉州人，而蔡家則是居於舊街區「下塗角窟」的漳州人。

自乾隆年代漢人始移，為爭奪墾地水源、港邊貿易利潤，兩族鬥狠不斷，哪怕是蝸角鬥爭也足以演變成滔天械鬥；但塗角窟港這幾十年，卻意外地不再傳出爭亂，兩族相安無事。

這一切都多虧「吳勝興」老當家吳展伯，靠著郊首身分說服泉人，居間談和，共同合作貿易經濟，摩擦才趨緩和。不過，吳蔡漳泉聯姻，在塗角窟仍是破天荒頭一遭，阿爐心想，蓉妹應該是擔心兩族世仇，將為婚媒攜來不幸陰霾。

「蓉妹放心，免太操煩，裕文個性我曉得，他很實在，妳嫁過門後，一定會好好待妳，嗯……如果妳擔心，蔡家漳人身分，也不用太煩惱，這幾年，我們跟漳州人處得好，這樁姻緣，不就是我們兩族握手言和的象徵嗎？」

「阿爐，我也知道蔡家是個明事理的大戶人家，是好歸宿，如若我受委屈，你明白依我個性，我也絕不會受半點悶虧，只是……只是我猶然不安。」

「哎，若是蔡家欺負妳，對我坦白講，我捲袖子來替妳講公道。」

「不是，你誤會了，我不是在擔心蔡家的事情……」

「那是在擔心什麼呢？」

「阿爐，你還記得，我來到吳家的那一天嗎？」

「啊？」倏然談起往事，讓阿爐有些摸不著頭緒。

21 郊：清治時期兩岸貿易時，各商號為避免惡性競爭，所聯名合作成立的商業公會組織。

「你說，你從今後，就是我的阿兄了，不管發生什麼事，都不會讓我被欺負……我一直很感動。」

「有嗎，我有說過？」他側頭回憶。

「不過，我剛認識你的時候，我真討厭你。很久之後，長大了點，我才終於知曉，原來你跟我同樣，都不是阿爹阿娘親生，是阿爹帶回來，無家可歸的孤單囝仔。」

「嗯……沒錯，在妳前一年，我才給阿爹領回家，那時候阿娘真的很疼咱兩人呀，就算非她親生……」在昏黃的燈光下，阿爐的雙眼眨了眨。「要是阿娘看到妳要嫁了，她肯定歡喜得流目淚了呢，所以，妳也別煩惱，歡歡喜喜出嫁，給天頂的阿娘好好看看妳穿紅衫的模樣吧！」

「嗯……」

「欲言又止，實在不像蓉妹。」

「其實，我騙了阿爹，騙了阿娘，也騙了你。」

「啊？」阿爐疑惑不解地瞧向蓉芳，「妳騙我們？」

「那時，我並不是孤苦伶仃，我……我有家人，一個小妹。」

「什麼？」阿爐皺著眉沉吟片刻。

阿爐聽爹娘說，當初他們多年膝下無子，事業騰達卻始終遺憾無後，吳家才有了收養流浪孩童的想法，阿爐便是吳展伯在港口邊帶回家的孤兒。至於蓉芳，則是隔年在大肚山郊區的竹蔗田被展伯發現。

阿爐聽說，義妹本名為阿足，親生爹娘都在火災中喪生，成了街上的流浪兒之後，後來被吳家收養，入了吳家的籍，才在養母的願望下改名為蓉芳，希望她能在吳家，如新生綠葉般，獲得嶄新的生活。

「你跟她，都是孤苦人，身為阿兄，要好好照料她喔！」

阿爐耳邊，彷彿又響起了當日母親的溫柔叮嚀，而小女孩早已平安長成了一名碧玉佳人，阿爐可說是不負母親所託。不過，蓉芳所謂的「家人」，又是怎麼回事？

「我稱她叫阿青，說是家人，其實……也不是血緣關係的親姊妹。自從那一年，半夜大火燒了我家厝屋，爹娘喪生火窟之後，我卻僥倖逃了生……一個無依無靠的孩子能怎麼辦？只能一路向人乞食，餓到不行，就跑入雞舍偷蛋吃。有一次，又餓到兩眼昏花，我在晚上偷偷爬進山腰上蔗部的熬糖屋，想從榨蔗場偷糖汁解飢，怎知絆了一跤，嚇死我了！才看到……原來地上倒了一個查某囝仔，不停發抖……」

女孩一身髒汙，模樣五、六歲吧，面黃肌瘦，瑟縮在草屋角落，看起來似乎也是流浪孤兒，藏身在此，但營養不良的身體過於虛弱才昏倒在地。

恰逢榨蔗場休息季節，熬糖的火工與從事榨蔗的牛婆[22]皆不見蹤影，連平常推石磐的牛隻也被牽走，雖無糖汁可食，兩人卻得以在草屋中暫棲。在蓉芳的照料下，小女孩總算恢復了氣力，但不知是否天生使然，小女孩竟是無法言語的啞子。

蓉芳望著棚屋內用來給牛隻冷身涼快的混濁水池，蚊蟲飛舞的水面上漣漪遍生，她沉默不語。

蓉芳一個人要過活便是吃力，哪有心思身邊再帶一個不懂言語、無法溝通的小啞巴呢？她終於打定主意，某日夜裡便要悄悄離開。

但她還是心軟了。當她在寒凍夜氣裡甦醒來，正要起身偷偷離開，卻傳來咕咚一聲，原來整夜抓著蓉芳衣角入眠的小女孩，因蓉芳挪動身體的關係，女孩額心便直直撞上了牆邊推磨的石車。

蓉芳心疼，輕撫小女孩因夜氣受凍蒼白的臉蛋，沒想到碰傷了頭她還兀自沉眠夢鄉，蓉芳笑了笑，「就叫你阿青吧，妳臉面青黑，叫阿青恰恰好。」

之後，蓉芳便帶著阿青四處流浪，累了便回到山腰的蔗蔀棚屋窩著，餓了便在港口市街向人低頭討食。

生活很疲累，流浪兒更容易受路人欺笑訕罵，但蓉芳卻很高興有人作伴。

阿青雖不言不語，卻彷彿將蓉芳視為唯一能仰仗依託的大姊，不管蓉芳往哪走，她便捉緊蓉芳衣襬不肯輕放。

「但……我終究還是離開她……」說到此處，蓉芳按捺不住的心情終於潰堤，眼淚一滴一滴慢慢流下，彷彿有冷風從帳房窗櫺隙縫吹入，燭影閃閃熒晃，空氣中瀰漫著港邊特有的鹹味。

蓉芳說道，幾月後，兩人鑽進棚屋旁的蔗田，她持著從棚屋竊來的生鏽小刀，想偷剉蔗竹來啃食，怎料到田外響起窸窸窣窣的腳步聲，蓉芳害怕她們躲藏在蔗屋的事情曝光，若被趕走，天涯海角也不知哪兒能去。

為了怕被發現，蓉芳便把小刀推到阿青懷裡，示意阿青先逃，阿青不肯，一雙圓滾滾的大眼宛若將泣，張著嘴開開闔闔，瘦弱的兩手握著蓉芳手腕不願鬆開，蓉芳一急，便猛力推倒阿青，往腳步聲乍響的田徑奔去，想先引開人群。

她踩踏著蔗田潮溼的漥地，衝出田地時，卻意外撞上一位藍衣老爺。

藍衣老爺非但不厲聲責罵，反而扶好跌跤的蓉芳，詢問她從哪兒來。

「阿爹很親切……知道我是孤兒後，牽我的手，說要帶我回家，要給我熱湯喝，我嚇到了……與其說嚇到，不如說，我的心動搖了……不管眼前的大人是不是在騙我，或想對

22 牛婆：鞭牛轉動榨蔗石磨的工人。

我不利，我都不管那麼多。當時我好累，好累，只想要好好休息……我回望蔗田，心思一定，便一聲不吭、頭也不回，跟著阿爹走了……」

蓉芳一臉頹喪，多年良心的苛責，讓她再也承受不住。

——我，我拋棄了她，背棄了阿青，她那時候是不是想跟我說什麼呢？一張嘴開開闔闔，彷彿有話想講……

阿爐拿著袖巾幫妹妹拭去眼角淚珠，他沒有想到，多年同在屋簷下生活的妹妹，也有他從來不認識的一面。據蓉芳說，隔天她心存懊悔，回返蔗田棚屋，卻尋不著阿青蹤跡了。

這幾年下來，蓉芳私下託糖行僕役打探阿青消息，卻音訊皆無。

「阿青死了，一定死了。」

「妳怎麼知道？」

「因為，我在厝內看到了阿青的鬼魂。」

「鬼魂？妳見到了？」阿爐瞪睜著眼，端詳著蓉芳微微扭曲的臉龐。

「跟著阿爹住進這間大厝之後，只要到深夜，在我房裡，在灶腳，甚至……在阿爹阿娘的臥房，我都會看到一抹青白色的影子，像是……像是鬼，就像是廟口秀才先生說的那般，飄來飄去沒有腳，魔神仔，大家都看不到，只有我才能見到，那不就是魔神仔？小小的身子，像孩童一樣，是囝仔鬼，我想，那是阿青啊！阿青化成了鬼，灰白白的青臉，浮貼在紅磚牆邊，咧嘴對我笑，一眨眼又消失。」

一邊說著，蓉芳的眼神一邊漂浮，不時朝帳房窗口瞟睇。

「為何從來沒有聽妳說過？」阿爐聳肩，嘖了嘖口水。

「我……我不敢講。」

「現此時，阿青在這間帳房嗎？」

蓉芳閉上眼，搖搖頭，「沒有，她不在。」

阿爐呼吸一凜，說道：「你不怕嗎？」

「早就不怕了，方才走過屋外庭園，我還繞了路，四處張望，想見見阿青。」

「妳有見到嗎？」

蓉芳再度搖搖頭，表情甚是失望，「這幾年，我已經很少見到阿青了，聽人講，只有孩童眼睛才能見鬼……」

「也許，她終於離開人世，投胎去了，這是好事。」

「真的……是這樣嗎？」蓉芳眨了眨疲疲的雙眼，表情似苦似笑。

半晌的沉默過去了，阿爐不知道該接什麼話安撫妹妹的心情，一室沉沉靜靜，反而換阿爐不安於座。

他抬眼尋望帳房四周，這時他才發現，置放在椅腳邊，專門驅趕蚊蟲的香爐煙不知道何時熄滅了，只在房內留下陰陰涼涼的細微檀藥味。

「一開始，我很怕呀，阿兄，我怕……我想，我一定是將阿青的鬼魂帶回家，若是我跟阿爹阿娘講，也許，我就要被趕出家門了，況且……是我拋棄阿青，我對她充滿愧疚羞恥，要是我說出實話，也許阿爹會請法師道士趕她走，我沒辦法忍受再次拋棄她的感覺……我很怕……夜裡我都閉眼躲在眠床底下，只要一張開眼，我就會看到青灰色的影子在房裡飄……這樣下去，也不是辦法，我想……對阿爹坦白。」

說到此處，阿爐總算理解蓉芳的憂心。她擔憂往後一旦出嫁，阿青仍在吳家大宅徘徊，永遠是不入輪迴的孤魂野鬼，一隻漂泊四處的魔神仔。

蓉芳想與阿爹坦白，替阿青祭祀，讓阿青終於有個安身所在，了卻她這一位無緣姊妹多年來的心願。

「蓉妹，我相信阿爹會諒解妳。現在妳要出嫁過好日子，阿爹簡直比新郎倌還快樂。自從阿娘過身後，他許久沒笑得這麼開心。妳的圓滿，就是咱一家的幸福，為了妳自己，為了我們，蓉妹，妳要過得好。以前的事，就只是過往，就讓它過去吧。」

「這樣呀……」

彷彿沒有聽見阿爐的話，蓉芳心不在焉，只是朝書櫃上方茫然瞅著，迷亂又專心的瞳子彷彿要將木櫃直直看透，他側眼瞥去，櫃上空無一物，只是黑壓壓的一片陰黯。

室內燭光漸弱，真是漫長的一夜。

蓉芳收回凝望遠方的瞳眸，深吸了一口氣，朝阿爐微微頷首，「真謝謝你，我心情舒坦許多了……接下來，我會再跟阿爹說清楚，真多謝你吶，阿兄。」

目送著蓉芳起身告辭的身影，帳房門咿呀闔上，室內彷彿又回到原本的氣悶燥熱。

阿青的鬼魂，魔神仔……

原來，蓉妹也看得到。

阿爐翻開帳簿，想要繼續方才被打斷的工作，繼續盤點這一季的商品收支和訂定下次的貨運船期，卻怎麼樣也靜不下心。

心湖投入了石子，波瀾顛亂不止，他靠著椅背陷入幽邃的回憶。

記憶中，那張灰白色的臉龐便在眼前左右晃動，就像鋪著白粉的偶身一般。

方才蓉芳一描述，他的回憶便如潮水湧上心扉。

他也見過那鬼，那個奇異的魔神仔。

他知道那鬼並不是阿青，因為，在他進吳家的那年，他早就在家中見過了。

如同蓉芳描述，灰白色的影子模模糊糊，小小的身軀，孩童般的身材，在各個房間飄來盪去，無聲無息。

那絕非人死後遺留的靈體，阿爐心中格外明白，但他沒有在當下戳破蓉芳的推想。

3.

臺下一片掌聲迭起，鑼音暫歇，阿爐陡然驚醒，傀儡戲棚上，阿榮師正滿頭大汗，雙手飛舞，正操作著一男一女新郎新娘的傀儡，兩偶對拜天地之後，名為「尪某對」的戲齣總算演完，看來，第二齣戲齣已然結尾。配合「完婚願」儀式的傀儡搬戲共要演三齣戲，而每齣戲演戲之前，皆要請神觀戲，現下道士正嘴裡念念有詞，重複一遍方才儀式。

「開恩赦罪！」

「……香花四果，全家答謝上蒼大帝、地祖公、南斗星君、北斗星君，開恩赦罪，祈求一家平安……願答謝您〈童子戲球〉！」

道士同樣點灑田都元帥的座前酒，酒水在夜風的吹送下更顯晶瑩，他在空中畫符後，大喝一聲，北管樂音一震，阿榮師收到訊號，隨即雙掌一提一捺，一尊花童傀儡便現身臺上，雙手持球逗趣十足，娛神也娛人，博得觀眾哈哈大笑。

隨著鑼鼓節奏擺動身軀，白面童子持球或拋或接，模樣分外調皮，甚至雙腳一踢就將皮球踢到戲棚小門內，童子搖頭晃腦找球時，還栽了個跟頭。

作為第三齣戲，向來都是以〈童子戲球〉作為壓軸好戲，有著祝福早生貴子的用意。

但阿爐卻越看越憚煩，如坐針氈。

那童子戲偶彷彿不時朝著他咧嘴大笑，彷彿在說，我知道你是誰，我知道你做了什麼事。

小鼻子小眼睛的童子木偶，在臺上一躍一跳，天真又愚戇，逗得臺下捧腹大笑，「球在這裡啦！」一名入戲頗深的觀眾大聲朝花童喊著，花童彷若有靈，偏著頭，旋過眼睛望向戲棚底下。

阿爐不禁屏息。

——我知道你做了什麼喔。

阿爐似乎耳邊傳來細微的嘶嘶聲，襯著耳畔忽遠忽近的浪潮聲。

他很明白自己做了什麼。

他殺過人。

阿爐來自大肚溪橋畔一個製作木偶維生的張姓家庭，但阿爐卻從來沒見過父母認真從事過這件工作。

好賭的父親經常三天兩天不回家，就算回家了，也只是向妻子討錢花用，一領到錢，便頭也不回地轉身離去。

偶爾阿爹返家，便會跟阿爐炫耀，自己以前是雕木偶頭的能手，甚至還幫北港的著名布袋戲班雕過幾尊偶頭，現在之所以窮愁潦倒，只是因為某次在市集賭攤前，與別人起了衝突，弄傷了手筋，才荒廢了製偶作業。

「阿爐，你聽好，查甫人就要有路用呀！不要像我，連家都顧不好。」

那一次談話，是阿爐印象中唯一與阿爹有過交談的時刻，更多時候，是父親在夜裡溜進家中，對母親一陣怒罵踢打之後，手掌上捧著滿意的賭金，才大搖大擺地走出門。

從窗戶望向大肚溪竹橋上父親捲著褲管、赤裸著上身遠去的背影，是阿爐童年深刻的回憶。

儘管阿爹吹噓自己曾是雕刻名家，但阿爐卻一次也沒有看過父親拿過刻刀，他懷疑父親口中故事的真實性。

甚至，他也懷疑阿爹究竟是不是他的阿爹？

他早就不將那位男人視為自己的父親。

除此之外，他也十分輕視他的母親。

因為丈夫不中用，母親自暴自棄之下，便嗜酒如命，生活稍有不順、心情不佳時，便將無處宣洩的各種怨懟憤怒，化成直接的暴力，施加在阿爐身上，痛苦和傷痕是他在那個家僅存的印象。

「應該很痛吧，哈哈，很痛喔，為什麼不喊痛啊？」母親酒後最喜歡玩的遊戲，便是拿菜刀割劃阿爐的四肢，只要阿爐稍有閃躲，力道只會更加猛烈，滴滴紅血染紅了阿爐閃身倚靠的土角牆。

她將生命中所有的不幸都歸咎於阿爐身上，而阿爐只是個體弱矮小、無力抵抗的幼童。

披散著頭髮的母親酩酊大醉，渾身發臭，想必多日沒有洗浴了，母親靠近阿爐時，傳來的垢臭腥氣讓阿爐無法忍受，他閉上眼睛，屏住呼吸，絲毫不願意瞧見母親悲慘醜陋的模樣。

她瘋了，阿爐只將她視作一名恰巧同住一起的瘋婦。

每當母親出門之後，阿爐也不知她去哪裡，家中什麼吃食也沒有，他只能依靠平日替庄頭人放牛所得的食物過活，跟同年齡的孩子比起，他分外虛弱瘦小。

雖然阿娘如此不負責任，但當她酒醒時，為了生計，她也會接幾件彩繪木偶的工作。但家中為偶頭塗漆染色的顏料早已用罄，欠缺專門技術的母親只能用石灰簡單調配成白色漆料，所以她接單的事務，只能將客人拿來的木偶塗白成素體，所得薪資更是十分微薄。

自從阿爐有記憶以來，家中梁柱便掛滿了一排排正在風乾的白漆偶身，傀儡戲偶是竹籠蔴編製成的偶身，一絲不掛通體土白，也有布袋戲光禿禿的偶頭，不論男女老幼都是灰白著一張臉，表情肅穆，無聲無息，只要被門縫吹進的冷風拂過，便會倆倆相碰、乒乓作響。

那些恐怖的人偶真的賣得出去嗎？

阿爐冷冷望著它們白色的臉龐。

就算只是不諳世事的孩童，阿爐也明瞭，母親之所以還能接到工作，是依靠以前熟識的朋友，可憐她境況才施捨幾件工作，阿爐之所以認識阿榮，也是因為那時候，阿榮在傀儡戲班當演師的父親來家中拜訪，兩人才互相結識。

不過，當時阿爐也明白，母親就算賺了錢，絕大多數還是進了酒鋪的口袋。

在十歲那年，被阿爐稱呼「阿爹」的男人便再也沒有返家了。

阿爐不知道他發生什麼事，母親對於父親的失蹤，顯然絲毫不在意，但最有可能的推測，便是那男人決定要拋棄這個家，不再返回。

阿爐闔起木板窗，闔起了屋外大肚溪大橋的影子，他知道自己再也不會見到那個男人了。

往後，母親的情緒越加不穩，不管有無飲酒，只要見到阿爐便是一陣拳打腳踢，甚至彩繪偶身的工作也不再進行，最後家中梁上只懸吊了一只半完成的素體傀儡，大概連委託彩漆的客戶，也忘了這尊戲偶的存在。

彷彿整個世界都遺忘了這個家。

阿爐瞪著牆角盤腿飲酒的母親，推想多久之後，母親又要起身吵鬧一番。最近，母親只要缺錢，便開始帶陌生的男人回家，阿爐再也無法忍受了。

他想忘了這個家，忘了母親，像那個自稱「阿爹」的男人一樣，拋棄一切。

阿爐的意念，終於在某次颱風夜裡實現。

在庄外替人放牛工作結束後，沿著大肚溪返家，天色昏暗，平日吱喳飛舞的水禽也不見蹤影，水聲潺潺，溪畔一陣詭異的寧靜。

他家小屋坐落在離塗角窟港口尚遠的北岸大竹橋下，一排排骯髒小土屋便是他這十多年來棲身之所，鄰居大多是在港街上混不下去的羅漢腳們，或是在港口做事的苦力佣工。

遠遠地，阿爐便見到衣衫凌亂的母親牽著一個打赤膊的陌生庄稼漢，有說有笑，走進屋內。

阿爐嫌惡地皺眉。

他悶不吭聲，將手裡拿的趕牛木棒拋向溪中，水花四濺，天邊飄下冷冷冰冰的雨。

離開了家，能往何處去呢？

阿爐悵然不知，只是坐在溪岸上的斑白大石上，瞇著眼，凝望遠方的烏黑天空。

天色漸暗，風雨逐漸猛烈襲來，溪水漸漲，彷彿連大肚溪橋也震盪起顫慄的嗓音。

呼呼風吹，挾帶著無邊大雨，慄冽凍人，一陣陣的雷霆也滾滾盛放著。

他回首顧望，兩岸墨黑的樹影在凶悍的風雨下劈啪作響，自小在大肚溪畔長大的阿爐，從來沒見過如此恐怖懾人的氣象。

遠方傳來轟隆隆的通天巨響。

風吼雨嘯，阿爐豎耳聆聽，感覺那聲音並非雷聲。幾名鄰人打開了門，似乎也察覺到不對勁的風雨聲，頂著竹笠蓑衣便往外衝出。

「這不是阿爐嗎？」一名鄰居大叔叫住阿爐，「還呆呆站在河邊做什麼？快逃呀！」

「啊？」風雨聲大得聽不清對方，阿爐抱著頭，碎步跑到大叔身邊，他記得大叔是在塗角窟港口工作的人力轎夫。

「大水要淹過來啦！」大叔只丟下這句話，便壓緊斗笠帽沿，往側邊的樹林奔去，阿爐本來也想要隨著大叔跑去，但他彷彿想到什麼，停住了腳步。

滔滔水聲在遠方澎湃徹響，越來越近。

阿爐瞧見自家的厝門仍然門扇緊閉，難道母親沒有聽到嗎？

他踉蹌踏步回返，一陣暴風颳來，刷刷掃擊著阿爐的腳步。

就算步履不穩，他也顧不得那麼多了，踏著爛泥地沿著河岸跑去，終於來到了家門前。

阿爐一開門，不禁愕然。

房內嗆人的酒味沖天，一片凌亂狼藉，母親與那陌生男子渾身赤裸，打著鼾聲，正在呼呼大睡，兩人臥身的土角地上，瀰散著尿騷般的不堪臭味，在潮溼的空氣中更顯刺鼻薰人。

就像是躺在地上的兩隻野獸。

阿爐茫然呆滯，甚至作嘔頭暈。

他瞇著眼忍住呼吸，忍住了劇烈膨脹的恨怒情緒。

他的眼神暴漲著鄙賤的怨憤。

屋外烈雨帶著巨大的風壓，自阿爐背後吹噴進屋內，那只懸在梁上的白面戲偶前後兀自晃盪，脆弱的絲線彷彿將要崩然斷裂。

土白色的偶身一臉嚴肅。

雖然雨水冰涼，阿爐卻一身火燙，瞇著眼，打量著屋內酒鼾不止的母親。

他退了幾步，將門悄悄闔上。

闔起門前，他彷彿見到那只戲偶木然的臉龐，刷白的臉像鬼一樣，冷冷瞥視著他緩緩闔門的舉動。

戲偶彷彿在笑。

——呵呵呵……

不對，在笑的是阿爐自己。

阿爐轉身逃進溪邊的樹林時，他聽見身後傳來比雷聲還要巨大的聲響。

那是洪水吞噬一切的聲音。

多日後，阿爐才返回大肚溪畔的土屋看望，但大橋早已沖毀，溪岸被土紅色的汙泥夷平一片，猶如洪荒，溪道凌亂著無數枯枝斷葉，淺泥上掙扎著不及逃難的白肚魚。

阿爐赤足走過灘窪，只留下模模糊糊的足印。

他面無表情，轉身離開。

因緣巧合，不久之後，流浪街頭的阿爐便被吳家收為養子。

自從被吳家領養之後，阿爐便立誓，要在新的家庭裡扮演好自己的角色，「吳勝興」的吳展伯和呂招弟，已經成為了他新生的父親與母親。

阿爐沒有想到，他的養父母竟待他親如己出。初嘗親情滋味的阿爐，為了回報他們的恩情，這數十年來他潛心學習，在「吳勝興」糖行從最低的雇僕身分做起，吸收各種商家知識，一路辛勤，終於接替了養父的位置，成為獨當一面、人人稱敬的郊首。

阿爐認為，只有好好發揚「吳勝興」這個商號，才對得起養父這數十年來的哺育之恩，對照他不願回憶的過往，他很滿足現今。

那一段過往的生命歷程，早已泥封在大肚溪水底了，就像是前世的回憶般恍恍惚惚，只有在夜深人靜的時候，才會驀然橫上心頭。

只有在家中意外撞見那抹灰白影子時，他才會眼角不受控制地抽動。

那幽靈，土白色的臉，小小的身軀，虛幻的魔神仔，活生生就是當晚他關起家門時望見的那尊戲偶的影子。

那一晚，他母親與一名陌生的男子沉沒在滔滔大水之中，成為徘徊陰界的水鬼，而他是間接害死他們的凶手。

那一只土白色的戲偶也同樣葬身水底。

他苦笑著。

反倒不是母親與那男人死不瞑目，而是戲偶化身成魔神仔，緊隨阿爐身後。

一開始，他看見那灰白色的魔神仔便渾身顫抖，因為它提醒了阿爐那一夜的過往。阿爐聽到了，躲匿在他身後的魔神仔正悄悄地說：我看見了……你害死人，你害死了你的親娘！

他跑不掉，也甩不開，因為過往的記憶就像青苔一樣生長在背上，你看不見，它們卻越長越茂盛，背負著它們的重量，就是存活的懲罰。

漸漸地，他逐漸麻木自己，就算在房內見到灰色的幽靈，也刻意不去注視，他現在是吳家的大兒子，他要報答養父母的恩情，便不能將屋內魔神仔的事情講出。

在大肚溪畔如野狗般卑賤過活的日子，就像做了一場夢，從磚牆邊飄出的魔神仔，則是從他夢中竄逃出的過往幻影。

「要有路用呀！」他耳邊隱隱約約傳來他親生父親的話語，那記憶中沙啞的嗓音如今響在耳畔，竟充滿頹喪、悲傷的氣息。

他挺直了背，專心一志扮演吳家善解人意的兒子，扮演體貼溫暖的哥哥，更扮演著「吳勝興」糖行中斤斤計較的郊首，統領著底下十幾艘大型帆船的兩岸商貿，他責無旁貸。

所以，他很能體會小妹蓉芳多年來隱瞞魔神仔的心情。

背負著祕密而活，若要揭去那層傷疤，便是逼迫自己去看見疤痕底下永不癒合的血紅創傷，正留著膿水散發臭氣，瘡口令人作嘔。

那瘡口就是自己的真實。

必須逃避。

他沒有立場質疑蓉芳的心情。

在戲臺前，阿爐肅穆地回想昨夜與蓉芳的對談。

始終囂鬧的北管鑼響倏爾停歇。

看樣子，臺上傀儡戲即將結束。

那名白面花童終於找到了自己的彩球，開開心心，一蹬一躍鞠躬下臺，阿榮師滿足得意地收起花童戲偶，也向觀眾行了一個揖，台下觀眾報以熱烈的掌聲與吆喝。

回望席上，蓉芳一襲綠衫，烏絲簪花，淺淺笑著，不時偷看著前席的蔡家少爺蔡裕文。

蓉妹滿臉洋溢幸福色彩。

今夜過後，便是蓉妹的大好日子，而阿爐別無所求，只一心祈禱蓉妹的未來能幸福美滿，衷心為她的終身喜事感到開心。

過去的事，就過去吧。

天空飄下點點細雨，輕柔地灑在戲棚上。

戲齣終於演完，阿爐如釋重負地從椅凳起身，一臉嫌惡地瞅向棚邊的傀儡戲偶。阿榮師正吩咐「泰泉軒」的學徒細心收拾戲偶，用白絹布包裹起戲偶防止撞壞，幾名好奇的孩童正撲纏著阿榮師問東問西，不耐煩的阿榮師厲聲斥喝了一名想偷摸戲偶的頑童。

阿爐毫不留戀地轉頭而去。

雨水點滴落下，港街觀眾帶著滿足的神情，魚貫向前，對蔡家祝賀娶媳。

這場小雨與當年的大暴雨比起，簡直微不足道。

阿爐微微一笑。

就像是那一夜關門前的微笑一樣。

冷雨輕輕滑落他的肩膀，微溼的襟衫貼在皮膚上透體清涼，他卻感到一身燥熱，兩眼熾然。

「阿兄，你在這呀！」

蓉芳靦腆而欣喜地朝阿爐招手，他才負著雙手慢步趨前。

眼前，蓉芳與阿爹兩人笑容可掬，在蔡家大院門口等待著他。

4.

吳展伯用手指梳捋著花白的嘴鬚，一臉神情安然，立在蔡家宅門前，睇望著蔡家正在舉行「完婚願」最後的壓棚儀式，雖然吳蔡雙方將成親家，但畢竟仍是外人，吳展伯為了不打擾蔡家行禮儀，便逕行移至門口等待。

儘管雨露輕飄瓦簷，卻無礙壓棚儀式的進行，站在一桶錢水前的蔡家少爺，正提著方才置放在傀儡戲棚前的兩盞紅燈籠，阿榮師側站一旁口誦吉祥，蔡家眾人便隨之朗聲應和。

「添丁進財天歲壽，舉高高生子生孫中狀元，尪某大家吃老老！」

「有哦！」

「錢水昌盛，富貴萬年！」

「有哦！有哦！」

最後，便將廣場上放置的紙糊天公座與白甘蔗一同燒化。

細細夜雨澆不熄蔡家院前熊熊的火焰，火焰中彩紙燃燒出焦臭的煙味，吳展伯極目沉思著。

為了準備明日迎親，他方才已經讓阿爐與蓉芳先回家蓄養精神。

——阿招，如今妳也可以放心囉，妳的兩個囝仔都很成材，妳的苦心總算沒有白費。

展伯一想起多年前早已過世的妻子，心內卻不禁一陣悽悽惻惻。

略顯濁白的眼瞳，彷彿蒙上了一層白紗般陷入思考。

昨夜，蓉芳敲著他的房門時，說有事想與阿爹商討。晚餐時他見蓉芳神情不寧，便知她有心事，本來以為她因婚媒擔憂，卻沒料到蓉芳吐露出意想不到之事。展伯強忍住騷躁不安的情緒，靜靜坐在房內的太師椅上，將蓉芳的話一字不漏地聽完。

原來，女兒蓉芳始終都在吳宅裡見到陰魂不散的鬼……
她看到了不吉祥的魔神仔。
蓉芳抿嘴停頓了好一會兒，侷促地向父親解釋。
多年前，名叫阿青的小女孩……
「阿爹，您，不會怪我沒說出口吧？」
「憨查某囝仔，怪妳做什麼呢？」
「阿爹，該怎麼辦？您該不會請道士公來趕魂吧？」
「終歸是無依無靠的魂魄，會到吳家也是緣分……」
吳展伯搖搖頭，沉思片刻，便回答蓉芳，他不忍心趕走棲身此地那麼久的孤魂，況且這麼多年來也與吳家相安無事、不惹禍端，若蠻硬趕走也太可憐了，所以他決定在大宅側院設一座小祠，作為供奉。
蓉芳彷彿重擔輕放，深深地吐了一口氣。
「阿爹真善良，會有好福報。」
「妳這人，嘴還真甜，以後入了蔡家，有時間，要回來看望我這老人家啊。好了，時間不早了，先去休息吧。」
蓉芳乖巧地點頭，告辭離去。

吳展伯斜躺椅背，雙眼假寐，右手摩娑著桌几上的茶碗，方才新沏的熱茶因為與蓉芳一席談話而涼了，杯碗冰涼的觸感直透指尖，讓他不禁打了個寒顫，起了一身雞皮疙瘩。

他倏然睜眼，慌張地在房內四處張望。

蓉芳口中的魔神仔，是否仍在房內徘徊躊躇呢？

——對不住呀，實在對不住，害你這些年有家歸不得，我都不知曉，也看不到……你還留在這裡，無法解脫……

往事剎那衝擊心頭，展伯瞬間老淚縱橫，沉痛悲戚不已，手掌掩著臉龐哭泣起來。

——阿招她……她不是故意的……

哭至咽嗚，不能自已，吳展伯一臉悲戚喃喃自語。

吳展伯與鄰街的呂招弟成親之後，已經相扶相持十多年了，感情深厚的兩人卻始終無後。看在展伯之母吳夫人眼裡，這不盡責的兒媳婦簡直不像話，無後是大不孝，好幾次催促展伯另娶二房。雖然當時吳家家業足以支持展伯蓄養妾房，但他與妻子鶼鰈情深，便心意堅決不另找側室。

這決定雖然讓招弟感動不已，卻也苦了她數十年來在夫家的生活，飽受婆婆冷嘲熱諷，吳展伯夾在兩人之間，雖然盡力想建立婆媳的情感，卻總是徒勞無功。

在吳家熬了十多年，生性寡言溫順的招弟無怨無悔，儘管鎮日承受婆婆絲毫不留情面的言語罵詈，卻總是心平氣和，默默忍受一切。

當吳老夫人過世時，展伯雖然悲哀不已，卻不免鬆了口氣。這下子，總算可以不用在兩人之間當和事佬，也能讓招弟喘口氣，不用再為肚皮事操心費神。

不久之後，招弟竟然日夜昏頭，惡寒怠懶，因時逢瘴癘疫疾侵擾鄰庄，展伯不放心，便從大肚下堡請醫大夫來視診。

大夫笑吟吟地慶賀夫人有孕在身。

兩人真是又驚又喜。

展伯心想，也許是在母親逼迫壓力之下，妻子的心情負荷過重才無法生育，如今壓力源頭消失，身體安適自然，喜孕之事也是不足為怪了。

當他每晚從「吳勝興」辦公回家，望著兩頰紅暈的招弟便滿心喜樂，聽招弟說，她現在每日都從港口坐著竹舨船，溯往大肚溪流銜接的小運河，來到矗立於運河前的永和宮焚香拜神；廟宮內除了祭祀漳浦縣媽祖婆之外，也供奉頗有靈驗的註生娘娘，是塗角窟庄一帶頗負盛名的求子廟。雖然永和宮一地屬於漳人聚落，漳泉兩族向來不合，但瞧見她躍然興奮的表情，展伯也不願意潑冷水。

「喔，這廟很靈驗嗎？妳要虔心祈禱呢！」

展伯喜上眉梢，摟著妻子，招弟只是害羞地點頭。

沒想到幾個月過去了，招弟的肚子卻始終平坦，她按捺不住慌張憂慮的心情，兩人商量之下，便再次請庄頭的大夫前來會診。

大夫把脈良久，甚至還請隨行的醫藥館徒弟也上前捏脈，最後兩人神色大惑不解，彼此交頭接耳。

「怪了……嗯，好像未曾有孕。」

大夫低首思考片刻才解釋，有些婦人雖然無孕在身，但卻會呈現假孕症兆，月事不來，嘔吐噁心，任何懷孕時的身體反應俱全，但其實……肚中毫無胞胎。大夫診斷吳夫人只是因為精神心理因素，才造成假孕之兆。他一臉歉意，向展伯夫妻倆深深鞠躬道歉，認為自己行診不察，醫術有缺，願退還所有診金。

吳展伯並沒有收下退還的診金，還大方地奉上銀錢感謝大夫辛勞。

原來只是假孕罷了，展伯雖然失望，但卻未過於傷心。他安慰妻子別太掛懷，孕兒之事不用急，時辰到了，自己的就該是自己的。

招弟臉色蒼白地勉力微笑，眼神浮動，彷彿心不在焉。

吳展伯事後回想，妻子大概就是在那時候改變了。

她變得更加沉默，變得更加憂傷抑鬱，有時候就算問她話，妻子也會呆了半晌才回神。

展伯對那樣的轉變一無所知，也無暇顧及，吳宅內的大小事務，他都放心地交給招弟一手包辦。他當時一心一意，亟欲將吳家父祖輩留下的商號「吳勝興」在塗角窟發揚光大。

等到他某日發現，家中臥房出現一名陌生男童的屍身時，已經來不及了。

招弟縮在牆角，渾身顫抖，兩眼迷茫散焦，他趕忙踏前安撫妻子。

朝男童看去，顯然早已回天乏術藥石罔救，男童的小小脖子爬著兩道淤紅的手指掌印，屍體仰躺在地張口吐舌，毫無活力的舌頭甚至青紫著齒痕，似乎想在臨死前多吸幾口空氣，卻被自己所咬傷，死狀甚為悽慘，顯然經過一番猛烈掙扎。

屍體的皮膚尚有些微餘溫，看來是幾刻鐘前才斷氣。

展伯頹然倒地，全身力氣彷彿都被抽空，什麼話也說不出，腦海一片混沌。

招弟已然精神混亂，言語顛三倒四，他摸她額頭，猶如滾燙火球。他只能先用草蓆將男童屍身密裹，匿藏在宅院中，並吩咐僕傭暫時休假數日，暫且將糖行事務交給底下信任的老掌櫃，便在家中悉心照料昏迷病倒的招弟。

隔日，等待招弟神識清醒，發燒漸退之際，展伯才從斷斷續續的問話中拼湊出事件發生始末。

原來，招弟就算被大夫診斷出假孕，這些日子以來，仍舊不由自主地提著供品香籃，每日乘船至永和宮，向註生娘娘虔誠請願，但越拜神，心情越是波濤激盪，悲愁萬分，最後甚至鎮日跪在娘娘神尊前淚泣不止，把頭都磕出血來了，好幾次招弟都痛苦地昏厥過去。有一位在宮廟裡掛單寄宿的客人看不下去了，便硬拉著幾乎要虛弱暈倒的她，來到宮廟的廂房臥躺片刻。

那一位善心的青年客人有著一雙翡綠色的奇妙眼眸，讓招弟一時看呆了。綠眼睛的客人神情堅定，有著一張剛毅沉穩的臉龐。對方一句話都不說，只是用一雙翡翠色的悲傷瞳眸凝望著招弟，心有所感的招弟不禁眼淚滴滴溜溜地滑落。

察覺到自己的失態，招弟不願造成對方的麻煩，便趕忙向他告辭離開。之後，她在家中休養了數天，才再度踏上渡船口的舟舨，想向註生娘娘做最後一次的祈禱。

綠眼睛的奇人，對招弟來說，彷彿像是夢兆一般。

「娘娘真的，真的回應了我的願望，給我一個囝仔！」神智猶然迷糊的招弟，突然精神振奮，向展伯喊叫。

當時，因為頭暈，招弟便倚靠在廟埕前的老槐樹涼蔭暫憩。運河前的老槐慣常被用來繫綁船纜，招弟駐足一旁，望著膚色黝黑的船伕將舟上貨物一一卸下，此處向來是貨物出入南北的大站。

天氣酷熱炎燒，小碼頭邊赤身壯漢搬運貨物時，操著響亮嗓音，彼此笑罵著不入流的低俗談話，招弟眼神迷濛頭疼不已。

這時他看到老槐的樹蔭下，憑空出現了一名可愛的男孩。

彷彿三、四歲吧，額前垂綁著一束髮髻，衣裝新豔，圓圓臉蛋惹人疼愛，走向前想靠近招弟，卻因腳步不穩而跌倒。

她不知道為何男孩會靠近她，也不知道男孩的家人在哪？難不成是娘娘聽到她的祈求而送來的孩子嗎？她連忙扶起跌倒的孩子。

招弟精神混亂，跪下來，雙手合十拜神，「謝謝、謝謝娘娘！」

隨後，她彎身抱著男孩上船。

——接下來發生了什麼事？你為什麼要抱走別人家的囝仔？為何囝仔死了？展伯著急詢問。

招弟的記憶混亂，她只記得回到吳家時，男孩突然吵鬧不休，不肯乖乖聽話，招弟一急，用手摀住男孩嘴巴，但孩子卻更加反抗，哇哇大哭，撲倒在地，招弟想制止他……

——展伯，我的乖囝仔呢？他現在不哭了吧，快讓我看看他、看看他……

悲傷不已的展伯只好暫時安頓好招弟，獨自到永和宮探聽風聲，原來男孩來自當地漳族某戶大家，寶貝獨子失蹤之事正惹得滿庄風雨。

更令人訝異的是，那孩童並非近來第一次失蹤個案，早在他之前，幾個月內，庄頭已經失蹤了三、四個孩子，頻繁的孩童失蹤案，也引來了衙門方面的關注和搜索。

他只能沉默回轉，設想著最糟糕的狀況。

眾多孩童失竊，是不是妻子所為呢？他質問招弟，換來的卻是面無表情的沉默。

無可奈何之下，他只好先將草蓆裹包的孩童屍身，用糖行的木輪拖車載上，夜裡偷偷丟棄在庄外荒涼的刺竹林中。

妻子自此之後，彷彿「壞掉了」。精神失常的女人，鎮日對著宅房牆壁竊竊私語。展伯看在眼中悲慟萬分，他始終不明白妻子拐童、殺童的想法，或許可以稱作是「一時失常」吧！但失常的緣由究竟為何？他發現，原來自己始終都不瞭解枕邊之人。

看來，招弟渴子心情比他設想的程度還要激烈、還要極端。比起他懼怕妻子殺童的事實，他更懼怕自己竟對妻子的心情一無所知。他凝視著妻子，那張每日看慣的臉龐竟如此陌生難測。

吳展伯痛心疾首，只能盡綿薄之力進行補救。為了隱瞞妻子拐騙孩童的行為，他利用塗角窟一帶流傳的魔神仔傳說，暗請糖行夥計，在庄頭大肆散播山鬼幻化為魔神仔，下山擒抓幼童的謠言。

儘管對不起失蹤孩童的家屬，他也只能用謊言填補妻子犯下的過錯。

他曾經思考過，招弟在永和宮遇到的那名綠眼睛的怪人，極有可能目睹招弟偷拐孩童的行為。若是如此，就大大不妙了。

展伯私下請人查探怪人行蹤，只聽說那人是流浪至宮廟的青年羅漢腳[23]，在廟裡待了十幾天便離開了，從此行蹤不明居無定所。儘管綠眼睛的特徵十分明顯，但在庄頭附近打探了好一陣子，也尋覓不到怪人蹤跡，最後，展伯只好心死作罷。

如若綠眼怪人決定要揭露招弟的所作所為，他也認了。但幾個月下來，從未聽見相關的風聲，也許，那位怪人早就離開這座庄頭，前往不知名的遠方了吧。

展伯嘆了口氣，就算逃離了被人告發的命運，他也逃不開自我的譴責。

至於在吳宅中死亡的孩童，屬於漳州血統，儘管漳泉不兩立，但禍不及無辜稚幼，在愧對漳人的虧欠感驅使下，展伯利用自己的地方權力，對漳州人釋出諸多善意。表面上是為了鞏固塗角窟港的共同貿易利益，但私底下，卻是暗中幫助那戶失去珍貴兒子的漳家商人得以事業昌隆。

他開始在鄰近的庄頭開辦義學私塾，提供貧戶幼童識字讀書的機會。

除此之外，塗角窟港旁的大肚溪每逢夏季山洪爆發，他便造橋鋪路，捐資義賑鄉里，種種善舉不落人後。

為了讓妻子回復往日笑靨，他起念收養流浪幼童，阿爐與蓉芳便是在此機緣之下來到了吳家。

說也奇怪，家中多了一子一女的存在，反而讓招弟的心理狀態逐漸恢復平衡，彷彿忘了曾拐殺幼童的經歷，展伯從此也絕口不提。當初庄內失蹤的孩童們，是否同樣被招弟所拐，他也不願意再去追問真相。

夫妻間彷彿重拾了多年的相處默契。

她成為了一位無比溫柔貼心的母親。

她給予阿爐和蓉芳無止境的溫暖與細心體貼的呵護，在她的照料與養育中，阿爐與蓉芳終於如願成長。阿爐成為了「吳勝興」幹練穩重的大老闆，蓉芳也成為亭亭玉立的花樣女子，即將出嫁完婚，兩人的平安茁長，可說是招弟年年月月辛勤灌溉培養而成。

為何招弟要誘殺男童？若當初庄內其他孩童們也是她所拐，那些孩童們下落又在哪裡？如今這些百思不解的祕密，也隨著招弟的逝世而永埋了。

只要阿爐與蓉芳平安長大就好了，一切就值得了。

他自己告訴自己，或者，催眠自己：這是唯一能做的償還。

5.

在蔡家大院廣場上，天公紙座與白甘蔗將要燒盡。

霧煙繚繞的夜晚，雨水早已停止，空氣裡滲著溼意，從海港吹拂而來的夜風有著冷冽的尖銳，模糊迷茫的輕煙即將化解散開。

吳展伯想像起青白色的鬼魂，依然在吳家宅院中流連徘徊，那鬼魂是魔神仔，是被他妻子拐殺的孩童陰魂。他對於妻子的所作所為，只能用盡全力去償還。

他的償還，安慰了那些仍在人世活著的人。

只有活著的人得到了幸福。

蔡家的壓棚儀式終於完成，一家大小和樂融融，蔡家親公與蔡裕文踏步前來，熱情邀請吳展伯留下共進晚宴。

「完婚願」的儀式是為了感謝天上諸神明保佑家中孩子順利成長，在成人過程中不被邪惡的妖魔擄去；魔神仔傳說盛行的塗角窟庄，家家戶戶都會在小孩子不聽話時，用「魔神仔」的恐怖故事嚇唬他們。

魔神仔，究竟是山妖，或者是怨靈，抑是死不瞑目的冤魂？庄頭的人們不知如何直視鬼怪傳言背後的真相。家中孩童若有夭折的人家，也只能苦笑著說，自己因交上了壞運道，才失去了神明的保佑，若要無災無殃，必須要虔誠祈禱，才能讓天上眾神明庇護一家平安。

如今，蔡家的「完婚願」也平安地落幕，蔡家長子順利長大，並且人生即將迎來成親之日的圓滿時刻。

展伯微微輕笑，朗聲向蔡家親公祝賀有子長成完婚，實是人生最大樂事，並且也應邀入席。

他踏著緩緩慢慢的足履前進。

因為駐足久等的緣故，他發現兩腳竟然痠麻不已，移動吃力。

歲月已讓他的步履蹣跚、齒搖鬢白。

他倏然感到一絲莫名的悲傷與低沉，抬頭望向天空，數隻灰溜溜的鳥禽展翅飛過。

——港街上關於魔神仔的傳說，以及祈求天佑的祭儀，想必今後還會繼續流傳於塗角窟吧，因人的本質如此脆弱與無力，需要安慰，也需要尋覓能讓自己安心邁步的理由。

展伯心中暗自忖想。

在他的身後，烏雲緊密鋪疊的霽後天空，只是一片無垠無邊的冰冷與幽深。

虎姑婆

歙居萬山中，多虎，其老而牝者，或為人以害人。

——黃之雋《廣虞初新志·虎媼傳》

1.

對於阿菊，人生一切的記憶都從紅色的血伊始。

睜開眼，記憶中，自己正用顫抖的拇指和食指捏著針尖，另一手拿著被熱汗濡溼的白色線頭，她努力想將小小線頭穿進搖晃針眼裡，卻總是失敗作結。一旁，母親的嚴肅臉孔在桌畔燭光映照下，顯得格外焦躁通紅，彷彿隨時就要舉起手掌用力擊拍她的肩膀。

因為驚怕，捏不穩的針尖一下子便狠狠刺進了手指，紅色液體也從線頭滑落，整條白線瞬間染成朱紅，母親的手也毫不留情地敲了下來。

「妳是藍興布店的查某嫺仔[24]，生活在大名鼎鼎的布店內，哪會不知針線怎麼縫？重來！」

泥棕色的牆上，赭豔燭光將阿菊嬌小的背影劃出一抹深邃的黑暗。

究竟是流血的指頭比較痛呢，還是被打的肩膀較痛？阿菊想不起來。

這時大概才三、四歲吧？再更早以前生活的印象，不論阿菊搔著頭皮努力回憶，也記不起任何畫面。

24 查某嫺：婢女

——也許從那支針刺傷手指頭開始，我才開始在世上活著吧？

嘴角含著蘆葦花莖的阿菊默默想著，她正與牡丹躺在塗角窟港街碼頭畔的綠草坪上，遠遠眺望著港埠沿岸的木棧道。

大肚溪溪流是一條東西向的水道，豪商鉅賈雲集的塗角窟立港於水道北岸，沿岸興建了一排排用稻稈、泥灰砌成的紅磚夯土牆倉庫，供港街船頭行[25]與商販們停貨卸貨之用，倉厝前聳掛著辨別港街上各貨店的商號旗幟，木板疊蓋的碼頭棧道則順著溪流北岸築建，為了阻擋潮水侵蝕，碼頭基座甚至運來了北部山區裡堅硬的觀音石砌造疊成。

平日的碼頭鬧熱忙亂，港邊的人總是麇集翹首，盼望著船帆所攜來的貴重商貨，從停泊船隻卸下的各種貨品則經由牛車或竹筏運輸至內陸，負責承攬貨物運輸的船頭行，則是讓年輕夥計負責在碼頭倉庫進行貨品點交。

「呀～喝～～大船入港囉！」苦力們的粗啞嗓門震盪在腥味浮盪的海口上。

阿菊遠眺著港岸邊一輛輛來來去去的牛車辛勤奔走，以及肩挑著商貨布包的港口苦力，才在碼頭棧道上踞蹲著吃大麵羹[26]作粗飽早餐，隨即便在大太陽底下淌著汗，吆喝吶喊著不成調的曲子一邊工作，一邊相互嘲諷罵嘴，彷彿碼頭上這一群汗流浹背的搬運工人又將尋釁鬧事。

想必那些語氣粗鄙不堪的對罵，也是苦工們另類的紓壓方式吧。

阿菊已經在碼頭邊看過那群工人對罵好幾回了，但每次總是不了了之，一旦工作結束，船帆離港，那群工人便又回復成勾肩搭背的好兄弟，一齊踏上港邊的廉價酒樓，掏出一日所得盡情吃喝飲酒。

對那群工人而言，活著就只是一天的事情。

只要一日做工，這一天就能安心地度過，明日的事情，交給明日再來煩惱就行了。

阿菊的生活，也是同樣按照這種世間規律在運轉。

身為藍興布店的查某嫺，她今日的工作便是在一旁伺候布店的大小姐，陪她玩耍解悶，她十分清楚自己分內的工作。

阿菊一邊望著庄內孩童在天空放著風箏，一邊向牡丹說明從小學作針線活的經驗，還有縫線時滑動布料的要訣。當然，阿菊自動省略被母親責打的過程。

臉龐蒼白的牡丹睜大了渾圓的杏眼，向身旁的阿菊問東問西，一句話吱吱喳喳講得比偷稻米的麻雀還要快速。

纖瘦的牡丹是一個和阿菊同年紀的小女孩，卻還未學過針線。

25 船頭行：港口中承攬貨物進出買賣的貿易商。

26 大麵羹：中部地區特殊吃食，大麵條加油蔥酥、蝦米、蘿蔔乾、肉脯伴著吃的麵品，飽脹感十足。

牡丹的母親貴為藍興布店的頭家娘，對自小多病的女兒十分溺愛，總捨不得她的生活太過疲累，甚至還限制牡丹一天只能出外玩一個時辰，玩耍的範圍也不准離開塗角窟港街，並且還要阿菊一旁陪同才能出門。

至於女孩子家從小必學的針線，過分迷信的頭家娘更不准病弱的牡丹觸碰，非得等到她長大了，身體強健了再學習。

牡丹最欣羨阿菊製作風箏的技術了。

阿菊的風箏繩取自布店用剩的零頭線，帆布則用店裡裁剩的碎布織出花樣，不論是梅花鹿、白兔或綠鳥兒，手巧的阿菊總有辦法在風箏上織出簡單卻優美的圖形。

牡丹總讚歎地觀看阿菊熟練的裁織技術。

據說塗角窟庄中，每位小孩在流鼻涕前，就開始比賽誰的風箏飛得比日頭還高，誰風箏上的圖案漂亮到足以讓庄頭的衙門巡撫頒發匾額。即使拿茅廁的放屎紙當材料，孩子們都拚了命要將自己的風吹[27]，裝製成最有看頭的小八仙、蜈蚣仔、或是特大菊花心。而阿菊親手織出的風箏，便是庄內數一數二的上等極品。

儘管如此，塗角窟庄的孩童還是一致公認：牡丹的風箏才真正會讓人看呆了眼，絕對有資格放到巡撫廳堂上展示。

牡丹的風箏是她父親往唐山的福州省城洽公，順便向當地製紙師傅委託的童玩什物；

交叉縱橫的上等竹骨撐開一面八角風箏，加長的尾翼還縛上幾十片光滑藤條，大風一過境，風吹後頭彷彿出現幾千隻眼睛眨呀眨的，叮叮咚咚好不熱鬧。

最讓人驚豔的，是布面上織著一面張牙舞爪的老虎頭，虎臉是黃澄澄的蠶絲線織成，森白利齒則悚然地從下顎長到額頭上王字的位置，虎鬚的部分還貼上好幾束賁張的馬毛，這一副風箏就算飛翔到白雲背後，火辣辣的虎眼還是能刺穿雲絮，嚇獃港岸上的傻小孩。

每次牡丹要到塗角窟港的大肚溪岸邊施放風箏時，總吸引一大堆流著羨慕口涎的小孩。虎臉風箏受歡迎的程度，甚至可以說，塗角窟庄的小孩都曾在夢裡擁有過這個作工精緻的兒童玩具。

「醜死啦！恐怖的虎臉風吹誰歡喜啊？我最討厭阿爸！」

牡丹嘟嘴向身旁的阿菊抱怨連連，因為她每次總是作夢夢到一隻青面獠牙的老虎張開嘴巴要一口吞吃掉她，還不如把恐怖的風吹丟掉呢！牡丹看來看去，還是讚美阿菊親手做的白兔風吹最可愛，一雙眼展露著渴望的光芒，凝望著阿菊身旁的東西……

這種眼神不是第一次出現了。

阿菊抿著唇，自動將東西送給牡丹。

27 風吹：風箏。

牡丹拿到了風箏，像燕子般歡欣彈起，朗聲歡呼，更打算立即奔至堤岸旁施放。

「啊，對了，阿菊，妳將醜風吹拿去丟掉吧！」

歡欣鼓舞的女孩蹦著腳往前奔去，手上的白兔瞬間從手掌上翻跳了起來，「呼～」的一聲，一隻小白兔便在湛藍天空上恣意玩耍。

阿菊站起身，縫過的花色褲裙上沾黏了幾抹翠綠草汁。

她垂眼望著地上棄置的虎臉風箏，彷彿想到什麼似的，一臉高興地緊張呼吸，但隨即卻又緩緩低頭，緊咬著口中蘆葦，舌尖無趣地舔著冷硬花莖。

其實，她也曾在夢裡緊抱過牡丹的虎頭風箏，細長的馬毛虎鬚甚至扎痛了她粉嫩臉頰。

儘管牡丹一心厭棄這件老虎風箏，她大可占為己有，喜新厭舊的牡丹也不會介意。

但她還是不能被允許擁有。

一旦被布店的老闆娘發現自己懷揣著牡丹的專屬風箏走回店鋪，肯定少不了一頓打，也許還會向母親大喊：

「妳的賊仔查某啦！看清楚！亂拿我家牡丹的風吹！」

「是是，頭家娘，我知道了，都是阿菊不對，我會好好教訓這個不成材的查某囝仔……」

這也不是第一次了。母親肯定會笑著臉低頭賠罪，雙手抱胸的阿菊不願再見到那樣難堪到無地自容的場景。

母女倆畢竟都是藍興布店裡小小的查某嫺而已，粗使丫環有什麼資格能在店鋪的屋簷下大聲講話？

——畢竟是大老闆好心收留無處去的我呀，否則咱早就在港邊的街市作乞食婆囉。母親的口頭禪，她都聽到耳朵長繭。

當乞食婆，真是如此可怕？

她望了望沿著堤岸奔跑、張嘴大笑的女孩，在女孩的身邊也跟著一群港街的孩童隨後鼓譟喧譁。

其實，她很厭惡牡丹，她極度地厭惡她的無憂無慮。

因為她可以隨便揮揮手，就將漂亮精緻的風箏當作一件不值錢的垃圾往後一拋。

情緒煩亂的阿菊，突然吐掉嘴裡的蘆葦莖葉。

她躍起身，一腳便踩上了五顏六色的虎頭風箏，眼看一腳踏不斷風箏竹骨，阿菊便兩腳跳上去用力蹭蹬，不一會兒，竹骨折斷好幾截。

阿菊不甘心，繼續用腳上的舊草鞋把帆布上的老虎頭磨髒，翠綠草汁和黃泥土一下子就把威嚴的老虎頭折磨得狼狽不堪，雄猛虎鬚剝落殆盡，整副風箏甚至比布店門口用來給客人雙足接塵的踩踏墊布還要骯髒。

「嘿嘿！」

阿菊哈哈大笑，盡情踏了一陣子，才倏然驚覺自己在做什麼。

她慌張眺望四周。

遠方的牡丹正興高采烈地用手拖拉風箏，旁邊湊熱鬧的男孩們也與牡丹大聲吶喊。

「快拉、快拉！」

阿菊慢慢深呼吸。

觀察著四處無人注意，她一把抱起已然破爛不堪的風箏，悄悄沿著雜草叢生的泥岸走，便把風箏往大肚溪水面上用力丟去。

一角竹骨在河面上團團旋轉，弄皺的水面漣漪正一波波映著破碎的藍天。

阿菊俯望河面時，聽見了奇怪聲音。

「嘩……」

聽起來像是有人在水裡行走的聲響。

真奇怪。

好奇的阿菊一抬眼，卻嚇得說不出話來，雙腿一軟，即刻跌坐在泥岸旁。

河水上多出了一個奇形異狀的大怪物。

怪物的身型比布店裡身長八尺的夥計還要巨大，兩手兩腳細細長長，墨黑色的皮膚看起來像蛞蝓一樣黏滑，四肢還布滿了一圈圈金黃色的粗細紋路，沾掛著五、六撮水草的斑黃長腳正向阿菊緩緩移近，水底小蝦紛紛閃避。

最可怕的是怪物的臉。

兩隻死魚白的眼瞳勾望著渾身發抖的阿菊，沒有髮絲的頭顱像是一顆碩大的黑雞蛋般。但這一張臉，除了一雙恐怖的眼睛之外，再無他物，原本應該是鼻孔、嘴巴、雙耳的地方，竟然像是黑色的絲綢布一樣平平坦坦。

「你……是誰？」阿菊的音調就像被驚嚇的鴉叫聲般尖銳。

怪物來到了阿菊面前，彎腰盯著她。

阿菊雙手抱著頭顱大喊，「你……你……你要做什麼？」

「咕……」

「你……你說什麼？」

「我要吃。」像是蛞蝓爬行的模糊聲音從前方響起。

阿菊張大眼睛往前看。

低沉的聲調從怪物上下滑動漲縮的肚子裡發出。

「你……別過來！」阿菊吞著口水，幾乎快被逼近的怪物臉龐壓倒在地。

「咕……噗……」黏膩響聲伴隨著怪物肚腹的扭動，阿菊覺得噁心想吐。

「你走！你走啦！」阿菊拔腿想跑，但酸軟的兩腳已經被嚇得沒有力氣，她拔起髮上的破舊木簪想抵禦。

「咕咕……噗……」怪物的聲音越逼越近。

「你……你到底是誰？」阿菊害怕地扔下木簪，閉上眼。

「我要吃。」

隨著最後的回答，怪物伸展開細長的雙手，直接撲向阿菊。

腦海一陣暈眩。

她張開眼，前方還是平靜一如往昔的溪水，淺灘上停駐著兩三隻正在捕食小魚的白鷺鷥。

牡丹還在溪岸上向男童炫耀風箏。

「要落下來了！快拉！」

大肚溪水岸毫無任何特殊的異變，風平浪靜，方才被丟棄的虎臉風箏早已靜靜沉落水底不見蹤影，阿菊不可置信地揉揉雙眼。

她愣愣注視著河面上，映照出自己的臉龐，臉上有著看似被指爪刮傷的淺紅色傷痕。

這一天，是阿菊和怪物第一次見面的日子。

2.

阿菊遇到怪物後，忙碌的生活並沒有給她太多喘氣思考的時間。

當時，牡丹正焦急跑到她身邊，也不管阿菊還牙齒打顫、跌坐在溪水邊的泥草地上，便哭訴白兔風箏的絲線斷裂，竟不小心飛落塗角窟街尾附近的四合院之中。

——壞了，真是歹兆！四合院內的人一定會拿風吹到布店大聲理論！

鄉野民俗，斷線的風吹，象徵斷線的家運，不論是讓誰撿到，都是讓人感到壞運道觸霉頭的糟糕事情。

阿菊感到大事不妙。

她先將不停哭泣的牡丹帶回布店，在街頭的金香堂買了幾捆金銀紙，便趕緊奔至斷線風箏所跌落的四合院，向裡頭的人家不停鞠躬賠罪，並遞上道歉的金銀紙來替墜落風箏的人家解運化厄。

低著頭一直賠罪的阿菊雖然被對方臭罵了一頓，但她也不禁鬆了一口氣，要是事情鬧到布店裡，接受的懲罰可不只挨罵如此輕鬆，一向看她不順眼的老闆娘，肯定會借題發揮，藉機向大老闆亂翻舊帳，希望能將阿菊母女倆趕出店外。

阿菊已經很習慣在牡丹闖下大禍後收拾殘局了。

回到布店後，因奔波而一身疲憊的阿菊本來想向母親詢問有關詭異怪物的事情，但那一天母親在老闆娘的命令下，為了替藍興布店的商運祈福，提著裝壽桃和水果的香花謝籃，到臨庄的永和宮廟祭拜觀音媽生[28]返回之後，當日竟開始咳起血痰，徹夜昏迷不醒。

這陣子，塗角窟庄頭颳起一陣瘴癘之風，甚至連附近的汴仔頭、龍目井各庄頭都遭受恐怖的瘟神肆虐作亂，因疫病而死的屍身幾乎快把大肚山上的墓穴擠崩了。甚至連塗角窟港最喧囂熱鬧的鴉片館也收攤好幾天，臉頰凹陷的鴉片鬼們不怕被鑲金煙管收了魂，倒是躲在自己的豪華宅院裡，哆嗦祈禱著瘟神疫鬼千萬別找上自己。

阿菊的母親卻被疫鬼找上，才短短兩天的時間，便在病魔的折騰下命赴黃泉過世了。她無暇開口向病床上昏睡痛苦的母親提及，她在泥岸邊意外遭逢的怪物，最後為了避凶，她只是到附近小廟裡，向土地爺討了香灰充作辟邪的爐丹，混水嚥了下去求個心安。

那幾天照顧病榻上母親的日子，是怎麼走過去的？不論之後阿菊如何回憶，所記起的僅僅是破碎斷裂的片段。

印象深刻的，只有葬禮。

母親安詳地躺在竹蓆上，枕著鋪上銀壽紙的陳年舊枕，身上蓋著水被[29]，榻前立了一支作為長明燈的白蠟燭，本意用來照亮陰間路的瑩瑩燭光，卻把母親總是繃緊嚴肅的外表，映照得分外祥和，滿臉自在溫柔的表情，連阿菊也差點認不出那竟是屬於母親的臉龐。本來應該要放一碗插竹箸、放鴨蛋的腳尾飯，但布店大老闆覺得浪費，尤其橫死的亡者是因為不吉利的瘴癘疫病而死，說什麼也不願意把吃食東西置放在死者腳邊，怕引來更可怕的穢氣，甚至連遺體也命令阿菊搬到港庄外的破木屋內停放。阿菊無錢替母親燒紙厝紙馬祭奠，大老闆連葬儀費也不願出一毛錢，只命阿菊想法子自行尋僧道替死者誦經。

因藍興布店的店老闆恰好選任塗角窟庄的爐主[30]，負責當年所有祭祀事宜，忙著替永和宮舉辦一場逐疫祭，整個庄頭都在捐錢建醮臺，每夜喧囂的鑼鼓陣幾乎要把天上的銀河給震垮了。

之後，每逢阿菊回想當時，在破木屋內，凝望著紅白水被下阿母粗黑的腳板，默默聆聽著屋外鼓笛管弦和鞭炮聲的自己有哭嗎？

她還記得小時候很愛流淚，跌倒就哭，被針刺到也哭，有時還會被雷響嚇哭，但年紀越大，卻越來越少哭泣了，甚至開始懷疑起自己是不是已忘了如何流淚。

---

28 觀音媽生：陰曆六月十九為觀音佛祖誕辰。

29 水被：白棉被中央逢上紅綢的被單。

30 爐主：在民間信仰中，爐主經由神明卜選出，咸認受到神明庇佑，負責協助舉行地方上一年內的祭祀禮儀。

也許不懂得傷心流淚，才知道該怎麼活下去吧。

母親過世之後，自己究竟有沒有哭過，以及當時的心情如何，阿菊等到很多年以後才想通。

原來那時候年幼的阿菊，一直責怪著自己。

大概是被十分迷信的老闆娘影響了，還是小女孩的她竟然死心眼地認為，是自己把厄運傳染給了母親。

——怪物沒吃掉自己，卻吃掉了阿母。為了解運，把補運金紙送到那戶四合院的自己卻沾上了壞運。也許呀，自己就是個命中帶剋的掃帚星……

對於內心深深責難，幼年的阿菊無法悲傷地流淚，取而代之的，卻是一種撲滅不了、愈陷愈下去的愧疚和恐懼之心。

——原來是我害死阿母……

長大後的阿菊回想起來，便在心底苦笑當時自己好天真。壞事情如果要來，還會先禮貌十足地敲門問候？有些人呀，就是天生特別跟厄運有緣，不論斷線風箏降落在誰家的頭頂，有錢人家的米倉內還是可以養好幾代的肥老鼠，港街巷尾的乞丐卻還是只能抓水溝裡倒楣的田鼠果腹。

阿菊苦笑著自己當時的天真。

因為只是藍興布店地位卑下的查某嫺而已，阿菊的母親墳墓只能埋在大肚山坳旁的車米崙，風水好的山頂龍穴屬於塗角窟港最有錢的中藥店、鴉片間、米店等商家的地盤，這道理就像是白天有日頭、晚上有月娘般理所當然。

阿菊始終很埋怨布店大老闆的漠不關心，甚至也不願替她母親出錢作墓碑，讓她必須跪著向雕刻舖的人求情，才換來一塊刻著簡單字跡的石塊。

——阿母，我又來看妳囉。我想，在這山間，妳就不用煩惱作乞食婆了。

墳堆上石塊陰影處，長著幾束在風中飄揚的含羞草，阿菊無聊地用手尖觸玩，草葉不斷閉闔。

大肚山車米崙背山面海，崙丘上有一株千年老榕樹昂迎著海風搖曳，幾千丈高的樹枝上伸出無數如手臂粗壯的氣根，往下盤攫地岩，粗實氣根幾近環繞成牆，遠遠望去彷彿矗立著一座褐棕色的古老巨塔，塔頂綠鬱鬱的樹葉彷彿從天頂俯望人間，甚是可觀。

這株參天老樹猶如海上航者的引路燈塔，舟船只要在汪洋大海上望見這株老樹，便知塗角窟港近在咫尺。

某日午後，阿菊掃墓結束，坐在老榕底下的大石上，瞭望著廣漠的蔥綠山麓發獃時，灌木叢間猛然竄出了一名赤身裸體的黑膚男子，他肩扛著一隻血淋淋的山鹿屍體，舉止粗魯，胸膛刺畫著凶悍獸紋，正一路低聲啐嘴，呢喃著聽不懂的語句，怪腔怪調，嚇得阿菊差點從大石上慌張跌下。

「別怕，沒事。聽他講，他只是走錯路，循著獸徑走山，卻繞錯小路。」

另一個溫煦聲音從身後傳來，阿菊轉頭望去。

「你……聽得懂？」

「嗯，聽他口音，應該是來自沙轆社頭的番人。」

「我只在港岸攤架上看過與番人交易的七彩琉璃珠，從沒見過番人，原來這人就是番人呀……」

這時，阿菊才看清與自己說話的人，卻傻傻愣了半晌，不知該如何繼續接話。

一名身材高大、披著墨黑袍衫的壯年人，正靜靜佇立於老榕樹陰影底下，雙手環抱彷彿沉思良久，皙白的面容清臞閒適。但最讓人驚詫的是，男子一雙眼綻放著碧瑩瑩的光芒，葉蔭下葵綠色的雙瞳正毫不避諱地直直朝她凝視。

那雙綠眼，彷彿穿透了阿菊。

——現今大肚這一帶，番人不多，咱真幸運，竟能遇到沙轆社土番。這座社頭的人在百年前，早被漢人軍隊逼殺到只剩下十幾人，僥倖存活的人則窩匿於地底的密穴中，平常根本不願走出洞窟，好幾年前，我曾爬進密穴拜訪他們，在那一座龐大的地底迷宮繞了好多日，才找到番社的入口呢……嗯，那番人不見了。

阿菊這時再度回望，才發現背負著花鹿的番人早已不見蹤影。

「呵，看來想看到他，得要重新彎腰爬回那處地底洞囉。」

綠眼人的趣話逗得阿菊咯咯笑出了聲。

「真有地底迷宮嗎？」

「這世界有許多妳意想不到的事情呢。」

那人自稱正在旅行，最大的興趣，乃在於蒐集各地的傳說，甚至親自走訪當地探查故事的真偽。這回途經車米崙，是為了摘製草藥，以備旅途不時之需。

綠眼睛的旅者，與阿菊閒聊了一陣，最後微微一笑，便轉身緩步離開了。

阿菊望著樹叢中逐漸隱沒的黑袍身影，兀自發楞。

擁有綠眼睛的人，就像是久遠前現身的詭異怪物一樣，為阿菊向來平靜的生活帶來奇異的波瀾。

但此後上山，卻再也遇不見那位神祕人。

生活又回歸了一如往常的平凡，與綠眼人的巧遇情景猶如過眼雲煙。

阿菊再度獨自倚靠在榕樹邊，百無聊賴地俯望著山腳下波光瀲灩的港灣，掐著指頭數著今日又有多少船隻即將要出入港灣。

3.

失去了母親之後，阿菊已開始習慣孤身一人。她對自己發誓，要懂得忍耐寂寞。

少了母親之後，阿菊便接替了布店內所有的基本工作，舉凡打掃、煮飯、縫衣、清理茅房、整頓布店門面等等，布店內大大小小的事情總讓她忙到額頭冒汗，四肢發軟，經常一兩個禮拜沒時間洗頭髮，臭虱猛跳，手指龜裂傷痕也因為長期泡水洗衣，很少能夠痊癒，甚至是聽到大老闆在半夜裡，打開窗子搗嘴輕輕叫喚時，還必須披著外衣匆匆趕過去……

隨著年歲漸長，阿菊才慢慢知曉，原來母親在布店內的勤苦工作，其實只是一種無望又無償的辛勞，所換得的僅是一簷棲身處和永恆的疲憊與衰老。

通常查某嫺的命運，除了被主人家轉售他處之外，一生便是在主人家中度過了。不過阿菊也耳聞鄰莊甚至有位五十幾歲的查某嫺，因為天生腦智不足而屢屢不受主人家喜愛，儘管早已髮白齒搖了，卻還被輾轉賣去他處。

至少自己還能安全地待在同一個地方。

——阿母，這樣不是很好？現在，妳終於有一個不用搬厝的所在了。雖然只是石頭堆啦……

阿菊咬著嘴唇，瞇望著母親墳墓的石堆，石墳背後是一片掩住藍天的森森林蔭。

也許，阿母從來沒死吧？恍惚而疲累的阿菊拔著墳堆上新生的野麻草。

因為她正在過著阿母的人生。

其實，阿菊和母親的關係並不親密，對話也不多。幼年的印象裡，阿母只是個整天在廚房忙進忙出、穿著灰裙的高瘦女人，日夜忍受著老闆娘的責罵與冷眼，卻只是悶不吭聲，默默忍受布店裡的人對她的苛薄對待。母親的臉龐究竟什麼樣子？每當阿菊回憶，腦中的印象卻總是飄回幼年學針時，母親在燭火後模糊而橙紅的輪廓，彷彿整張臉都在痛苦而壓抑地燃燒著。

現在站在母親的墳堆前，面無表情的阿菊總算有一大堆的時間可以和阿母說話了。但她撫摸昨晚用竹筒吹灶火時，意外被燙傷的鬈髮和耳後微焦的皮膚，完全不知道要繼續說什麼才好。

如今的阿菊，身材又高又瘦，就像是當年的母親。

是從哪時起，自己不再直呼牡丹名字，而是稱呼「小姐」呢？

美麗秀氣的牡丹，人人尊敬呵護的牡丹，藍興布店裡獨一無二的牡丹小姐。

如今亭亭玉立的牡丹已綁起小腳，穿起繡鳥紋花的玲瓏弓鞋，一雙手織出的花布已經可以當作商品販賣。

她低頭望著衫裙下瑟縮的雙腳。

印象裡，那一天水底下怪物的腳板跟自己一樣，又大又髒，她感到十分的自卑。

那隻不明所以出現的恐怖怪物，毫無來由地現身，卻又無聲無息地消失。

——不如，就講虎姑婆吧。

阿菊記起了那一次來到車米崙山坳為母親祭墳時，在老榕底下聽聞綠眼人所說的鄉野故事。那人手指著眼前霞光映照的蔥蘢山林，說道，大肚山的深林裡，躲藏著一隻修行成精的老虎。

多年前看見的那隻怪物，會是虎姑婆嗎？

阿菊不知道，畢竟她從來沒有親眼見過老虎，就算問起綠眼人：「老虎長什麼樣子？」看似知識廣博的綠眼人卻搖搖頭，說自己也從來未見識過。

也許，阿菊會在溪水旁遇到了那隻莫名其妙的恐怖怪物，便是腦海中殘留的錯覺吧。因為那隻怪物一點也不像牡丹風箏上的老虎，也不像附近土地公廟中牆壁所繪畫的虎獸圖案，或者是殿桌下匍匐仰首的虎爺公[31]模樣。

塗角窟庄中廟宇小祠眾多，每當阿菊為了點香祭拜神明，總是驚訝於寺廟裡神仙們奇形怪狀的交趾剪黏、羅漢腳底下收伏的鬼怪神獸雕刻，雖然心頭懼怕，但每次總在好奇心的驅使下，小心翼翼地觀看廟中廊道描繪大仙收妖的浮雕石刻。或許，那隻怪物，只是阿菊自己無端幻想出的恐怖印象。

畢竟，這世上哪有什麼怪物，或者是什麼虎姑婆的存在呢？其實，都只是自己嚇自己罷了。

——很久很久以前，有一對小姊妹的阿爸阿母都不在，腹肚很餓的虎姑婆偷偷摸摸爬入了小姊妹的房間……

阿菊開始向墳堆裡的母親說故事，這個故事是她從奇妙的綠眼人口中聽來。

「我要吃。」阿菊記得很清楚，那一天在溪流畔遇到的怪物不停重複著這句難以理解的話語。沒有嘴的怪物，究竟想要吃什麼？

但其實，和那隻怪物的相遇究竟是不是白日夢，對她來說並不重要，是真是假，都對阿菊原有的生活無所謂。

此刻唯一的遺憾，便是如果那隻怪物真的存在的話，阿菊心中多麼地希望，初逢的那一天，它便可以把自己一口吃掉。

畢竟，世界就算少了她的存在，也不會有任何的改變。牡丹仍舊是面容姣好、纏著小

31 虎爺公：臺灣民間信仰之神，是山神、土地神等神明之坐騎，負責守護村莊與廟境。

腳的牡丹，藍興布店仍舊是塗角窟庄貨物最齊全的大布店⋯⋯

阿菊憂鬱地閉起眼睛，在黑暗的視線中她開始努力回想起那一天，怪物的長相，以及它奇異的說話聲。

沒有嘴的怪物，來到了她的面前向她開口說話。

是呀，她甚至開始熱切地渴望那隻怪物再度出現。

並將她一口吞下。

4.

打開了布店的門扉，迎接雨霽的晨曦時，從布店亭仔腳[32]邁出的阿菊，順著鄰街碾米鋪雨後淋漓發光的屋瓦遠眺而去，淡綠山間正斜披著一抹朦朧縹緲的無尾虹[33]。

——也許，風颱要來囉？

她懷中抱著一支發霉陳舊的老木門，一雙眼著迷地仰望著遠方，天空中有一抹輕飄飄像是羽衣般的七色彩虹。

天際若浮現無尾虹，通常預言著即將劇烈轉換的氣候。

時過境遷，如今她早就在繁忙的日常生活中，不知不覺地忘卻了多年前遇到那隻怪物的事情，甚至對於綠眼人的印象也逐漸模糊，甚至懷疑在車米崙上的相逢只是一場奇妙的夢境。

幾天後，夏颱便挾著旋風豪雨過境海港，大肚溪也匯集著滾滾泥水匆匆奔騰。阿菊心想，經常傳來溺水事件的大肚溪河床，如果躲匿一群陰魂不散的水鬼，這時，應該也會一路被大水沖到茫茫大海去了吧？

雨水傾盆而下的時節，塗角窟港口的人們都留在厝屋內聆聽著滑過瓦簷的水聲，並且猜想著前陣子才來到塗角窟港，並計畫揮軍南下的日本人，也許正在南方的府城街市中狼狽躲雨。

這一年，時值乙未之年，自從去年清朝軍隊與日本國開戰[34]以來，往來閩海兩岸、消息靈通的貨船商船，便向港口庄頭捎來了各式各樣的蜚言流語，而最新一則訊息，則是清廷已然向日本人俯首投降，並且無條件將臺灣、澎湖島割讓給日本。

阿菊是在碼頭邊的市場採購蔬果時，聽到菜販和魚販們交頭接耳交換彼此的訊息時，

---

32 亭仔腳：騎樓。

33 無尾虹：形狀破碎之彩虹。

34 中日甲午戰爭（西元1894年～1895年）：清廷在此戰中大敗，與日本簽訂馬關條約，割讓臺澎。

才得知目前的臺灣島，已經正式附屬於日本國的統治。但對她而言，誰來統治臺灣，又有什麼差別呢？就算以往仍在清朝的統領之下，掌管塗角窟庄一帶的衙府大人她也不認識，雖然塗角窟港是中部最著名的貿易大港，但是對於生活在港灣裡的人們而言，只要衙府之人不過度干涉各商家事務，他們也鮮少主動與官府之人打交道。

對於塗角窟庄頭而言，只要能讓地方上的經濟貿易一如既往的流通運轉，似乎誰來統治也不是太重大的問題。

雖然被異族統治，無疑是難以抹滅的恥辱，但是塗角窟港街上的商家早已耳聞，臺灣北部反抗日人統治的游擊兵已被日本軍隊打得落花流水。為了自保，兩相權宜之下，塗角窟的人便決定放棄武裝，與日本人和平共處。

所以一個月前，當一隊日本軍揚著大旗，浩浩蕩蕩抵達臺灣中部時，塗角窟港的百家商號們經過徹夜商談，只要日本人願意以平等的態度對待他們，並且允諾不多加插手港口貿易業務，塗角窟庄便決定聯合附近的庄頭，一致對日人的接收行為不加以抵抗。

拿著黑色槍管、身披鼠灰色軍裝的日本人，派出了通譯人員，向港街商家們允諾不會奪走屬於塗角窟庄的幾百多甲田產，也不會干涉港口原有的貿易狀態。

儘管商家們明白，日人的妥協也只是暫時虛應了事，畢竟臺灣各處大大小小的武力抗爭仍在持續進行，他們不願再分出心神增加對抗勢力。但商家們也不得不承認，如今和日人相安無事的狀態，已經是最完善的結果了，他們聽說，中部彰化縣有處庄頭不聽從日人號令，對方一怒之下，結果引來了整村焚庄焦土的悲慘後果。

但是，日本人的到來，以及塗角窟庄諸多的改變，對阿菊而言，卻沒有太大的意義。她仍是藍興布店裡鎮日辛勤工作的查某嫺，她只需要聽從指示，完成自己的工作，便足夠了。

畢竟，日子還是要過下去。

阿菊日常生活上改變最大的事情，是她可以在忙完一天家事的空檔，一邊捶著自己痠痛的手臂，一邊瞥望著窗外騎馬的日本人，沿街押解著反抗兵勇和武師的畫面。

每一個嘴角滲血、鼻梁彎掉的反抗兵，雙眼都浮腫瘀黑，像是眼盲的瞎子，被馬匹上的麻繩拴住手腕，如同一具具不會呼吸的殭屍，緩緩走過鴉雀無聲的港街市集。平常扯著喉嚨喧譁叫賣的攤販和行人，一個個默不作聲地在巷弄邊低頭不敢注視遊行的隊伍，碼頭大道上安靜得彷彿連蒼蠅的拍翅聲都聽得到。

窗外倏然沉寂的街市，除了日本人座下馬匹的尾巴揮舞蒼蠅的啪噠聲之外，整條街的人彷彿都變成了硬梆梆的石頭一樣。這一切對她而言，既不真實，又像是作夢一樣。

阿菊總在窗後目瞪口呆。

但還有另一個猝不及防的變化，卻讓阿菊實在無法忍受。

布店裡最近住進來一個莫名其妙的男人。

每次大老闆跟這位訪客說話時，就像是螞蟻走路般竊竊私語，阿菊詢問夥計，誰也不知道他的名字。

大老闆命令布店裡所有的人，要稱呼他「先生」。

最可惡的是，因為布店的客房正在整修而無法住人，平常總是不多加過問布店事務的牡丹，竟然要求父親將阿菊的傭人房舍讓給這位「先生」，並要她搬到柴房去住。現在，牡丹看待阿菊的輕視眼神，活脫脫就像是另一個老闆娘一樣。

「先生」的到來，攪亂了阿菊的平靜心情，讓她感覺火冒三丈。

阿菊可以忍受布店裡頭的人對她頤指氣使、呼東喊西，但身為一個外人卻大搖大擺鳩占鵲巢，讓她從早忙到晚上痠疼疲累的身軀，還要睡在柴房裡凹凸不平的稻草上。

忍氣吞聲的阿菊，趁著先生到書房與頭家喝茶聊天時，悄悄將傭房的眠床墊換成枯硬的稻莖。

隔天，阿菊沿著牛車路來到車米崙山腰，清理母親墳堆上四處蔓生的雜草時，心情愉悅得哼起最近歌仔戲流行的女旦小調。

「嘿，你在挽刺針草[35]嗎？」

驀然背後一陣招呼聲打斷了她的哼歌，她連忙轉頭。

啊，是先生。

「嗯……」阿菊雙頰赧紅，趕緊低頭。

聽先生濃重的非本地口音，似乎他是來自另一個截然不同的地方。生長在人來人往的港口邊，阿菊開始猜測起先生的出身。平常在布店裡，擔任打掃等低階事務的她，總是難得一見先生，就算見了，也少有開口說話的機會。

「哦，實在真失禮，嚇到你了？牡丹不肯講妳在哪裡，向夥計問，才知道妳在這裡……欸，這是妳娘親？」

「嗯……」

阿菊和男子一同望向字跡潦草的墓碑，男子靜靜合掌。

「這個季節，刺針草都開黃花囉，挽掉真可惜。其實，刺針草的黃花也挺美麗，若是放在花盆裡，也好看。」

「嗯。」阿菊睜大了眼睛，感覺先生實在是個怪人。

35 刺針草：咸豐草，又名鬼針草。

「只不過，因為刺針草隨便哪裡都看得到，所以沒什麼價值，就無人愛……」

只是看到區區鬼針草，先生便有感而發，眼神狐疑的阿菊有聽沒有懂。

「……對了，我眠床上的稻草是妳弄的？」男人突然說出的話語，頓時嚇傻了阿菊，

「放心啦，像我這麼好的人，不會埋怨妳，別煩惱……嗯，這東西，送給妳。」

男子從懷囊中掏出兩、三捆土黃色的稻莖。

「誰希罕你……」

阿菊覺得先生想要嘲弄自己，正要掉頭走人時，才發現眼前的稻草並非普通的稻草。

阿菊雙眼一亮。

那是一條蚱蜢，一隻草龜，還有一隻狗。

但先生說那隻狗其實是狼，最喜歡抓可憐的羊來吃，不過他技術還不純熟，還沒辦法將狼維妙維肖地紮編出來。阿菊沒有看過狼，聽先生說，那是一種生活在對岸唐山的一種動物，比野狗還要凶猛數倍。

這些都是用稻草紮成巴掌大的動物。

阿菊感到不可思議。

「送給妳吧，從福州來的人從小都會做的小東西，算是我搶妳房間的補償。」

看來先生的個性不如她原先設想的糟糕，沒想到還顧慮到了她不平衡的心情。

她用一雙迷濛的眼睛，仔細打量著對方遞過來的稻草動物。

作工細膩得讓人目眩神迷，沒想到不起眼的稻草綁繞幾圈，竟能變換如斯。

阿菊默默地將禮物收好，向男人點點頭，便轉身將剛才拔去的鬼針草放在竹簍中。

「咦？妳要針刺草作啥？」男子疑惑不解。

剛才替鬼針草發表意見的人，竟然問這種笨問題，阿菊覺得好笑，微笑著嘴角，轉過頭正想要說些什麼的時候，一看見對方認真嚴肅的眼神，她臉頰竟有點發燙。

她趕緊蹲下繼續採摘，並小聲解釋：用曬乾的鬼針草熬煮的青草茶，具有清肝解毒降火氣的功用，布店裡的人平常飲用的茶水，也是用鬼針草熬煮的茶湯。

「啊，原來如此，這我就不知道了。」先生也微笑著蹲下身，幫忙阿菊採摘。

不知沉默多久，阿菊才清清喉嚨說話。

「我知曉你是誰。」

「哦？是頭家講的？」

「不是，是掛在街頭上被日本人懸賞的榜示，你的面容畫得真像。」

「這……」

「放心啦，像我這麼好的人，不會告訴日本仔，有一名賊軍躲在布店。」

先生愣了一會兒，隨即呵呵大笑。

那天夜晚，兩人避開日人崗兵，阿菊提著燈籠帶領先生沿小徑走回塗角窟的布店時，目送著先生走進布店大門的阿菊，不自覺地放下燈籠提把，在月光幽幽的照映下，才發現自己的手心早已冒出了一片黏膩的汗液。

5.

她的耳裡傳來沾滿酒氣的聲音：「轉過來看我呀，來，快來。」火，一團火像是黏膩的蝸牛般輾轉爬在她的大腿上。「病了嗎？哪欸不講話？」她閉起的眼睛彷彿浸入了醃菜甕中一片溼臭的黑暗，烈火燙得她的頸背不自覺地顫抖著，「別睡啦，手真寒，我來替妳搓搓……」

阿菊走路時不禁恍神，睜開了眼睛，發現自己還走在塗角窟港的鬧街上，仍舊淹沒在熙來攘往的人群中。前頭採買南北雜貨的流動小販所背的竹籠壓疼了她的肩膀，在劇烈的疼痛感裡，恍惚的阿菊憶起了昨夜的場景。

腦海裡無法擺脫那張充滿了濃厚酒味的臉，大老闆的臉，濃密髭鬍和暖熱汗水的觸感，彷彿像是稻草燃燒過的黑色灰燼塗抹在臉上、身上一樣，髒汙的感覺用手帕用力擦也擦不掉。

她以為在多年前，早就忘記這樣子對自己可恥的情緒了。畢竟，她也只是在母親離開世界後，填補了她的位置而已。

對於臺地民間的查某嫺來說，出入主人床榻之間，這種事司空見慣，而阿菊母女之所以會招惹老闆娘一再嫌棄，也緣由於此。

但昨夜，躺在大老闆的眠床時，聽著大老闆的鼾聲無法入睡的她，心頭竟然莫名浮現出了一個男人的臉龐。

她感到慚愧與自卑的骯髒，但卻不知道如何紓解這種讓她渾身顫抖不安的情緒。

她低著頭，只能抓緊手上裝滿蔬果的菜籃，想要離開人潮擁擠的碼頭市集。

路邊的肉販雙手甩著一塊豬肉，大聲叫賣的聲響震耳欲聾，阿菊一不留神，便嚇得跌了一跤，前方小販背上南北貨的木箱往阿菊臉上壓來，被壓痛的阿菊連忙閃往旁邊的小巷。

跌倒在地的阿菊，驀然為自己的處境感到痛苦與心碎。

她撫摸著自己撞疼的手臂上，仍貼著一小帖膏藥，才想起昨夜踏入老闆臥房之前所遇到的一件插曲。

阿菊昨天晚上在灶房工作，在木盆裡挑揀黃麻嫩葉，去梗揉洗掉麻葉苦味後再熬煮成麻芛湯[36]，她正將地瓜條與魩仔魚乾添入湯中時，卻意外被滾燙熱汁燙傷了手背，阿菊驚呼一聲，身後卻隨即傳來先生對她充滿友善的問候。

「痛嗎？」為了飲水而來到灶腳房的先生，恰巧看到她被潑濺的熱湯燙傷了手腕，先生便上前主動關心詢問，甚至還商請夥計購買敷藥。雖然只是小傷口而已，但先生對她的溫暖照顧卻讓她銘感於心。

其實，先生對於布店裡的每個人總是和藹可親，因為布店的大老闆願意收留隱匿無家可歸的自己，總是讓先生滿懷感激，所以在布店內暗地躲藏的日子，他對於布店裡的人也總是特別客氣。

阿菊實在無法理解，這麼一個良善斯文之人，怎會成為反抗軍？

「……之前在浙江讀過洋學堂，後來家父渡海來鹿港賣茶，我也一同隨著來，可惜現在時局太糟……唉唉，如此講起來，很懷念以前在浙江的同窗。啊，若有機會，妳一定要嚐嚐金華的米酒，那實在是……」

在布店內工作忙碌的空檔，阿菊只要有時間，總會纏著先生一同聊天，天性愛說話的先生，自然很高興在苦悶藏匿的日子裡，多了一名乖巧的聽眾。因此，阿菊才漸漸明白先生自從參加八卦山混戰後，才一路逃到塗角窟港，投靠布店之中。

但是，與先生交往愈深，阿菊愈感到一種無法說出口的悲傷。

她不可能與先生在一起。雖然她很明白自己對於先生一天比一天還要濃烈的情感，但她只是藍輿布店裡一名微小的查某嫺，被一紙買賣契書束縛著自己的自由，就算明日將被主人轉賣他處，也是有可能發生的事情。這一場不相襯的單方愛戀，注定以悲劇作收結。

但她也曾不切實際地幻想過，僥倖逃過日軍緝捕的先生，真能實現與她同嚐異鄉美酒的約定。

唐山，究竟是什麼樣的所在啊？

在先生的敘述中，迢遙異地的一切事物都像是罩上了一層白色煙霧般，神祕又朦朧。所謂的狼，是否真得比犬類還要凶惡？聽說浙江那兒水道縱橫交貫，畫舫小船上的藝曲歌妓音調悠揚宛轉，金華盛產的蜜桃紅桔，總是令路過的旅者一解嘴饞，而杭州女子手裡織出的錦布羅衫更富名天下，人人爭相購買。

在先生的迷人描述中，讓阿菊驀然聯想起多年前，在車米崙上遇見神祕人的印象。先生如同綠眼睛的人一般，說著許多難以置信的奇妙故事，不禁讓阿菊對先生更添好感。

「若是妳到了那兒，妳的縫紉手藝足可比下那些粗製濫造的布疋呢。」先生曾見識過阿菊所縫的布料成品，不免如此驚歎讚賞。

阿菊笑了笑，什麼也沒說。

那一夜她在灶腳房裡，用大鐵鼎熬煮麻芛湯，氤氳熱氣撲得她滿眼迷茫，悲從中來；她靜靜地凝視著手背上的小膏藥，敷藥勁涼如冰，像是要冷醒她不切實際的熱情幻想。

她清晰地瞭解到，這畢竟只是一場夢。

終究，先生約她一同品嚐陳年酒釀的約定，對她而言只是不可能實現的願望。不可能實現的願望，聽在阿菊耳裡，無疑只是一種心酸的尖銳諷刺。

她好想哭，但是哭不出來。她已經忘記了該如何哭，該如何宣洩自己的心情，她已經在長久的歲月中麻痺了自己的心靈。

走，只能往前走，阿菊提起精神站起，拍拍方才在地上弄髒的衣裙。

眼睛看著地下的她，只能往前走。

但阿菊突然身體往旁一倒，整個人又跌坐在街巷上泥濘的水窪，這一次，汙泥都濺溼了菜籃裡的蔬果食物。

她被人絆倒了。

「別以為我不知妳在變什麼鬼，我看得一清二楚。」

阿菊跌倒在巷口旁，差點迎頭撞上為了防煞擋路衝的石敢當[37]，菜籃內的水果弄翻一旁。

她抬頭一看，眼前是布店小姐牡丹，正一臉怒氣騰騰，呼吸急促得連繡花的襟口也上上下下起伏著。

「小姐……」

「死丫頭，妳以為妳是誰？以後別再與我的先生說話，聽到沒？」

「妳的……先生？」

阿菊慢慢理解，胸中突然降下了一陣沉重的空虛。

「妳這死婆娘，真是可惡！不要以為有阿爸護著妳，我就無法把妳趕走！」

阿菊不知道該怎麼回答，嘴唇害怕地顫抖起來。

喋喋不休的牡丹慢慢走近阿菊，揮舞的右手似乎要往阿菊打來，跌坐在地的阿菊手足無措。

眼前的牡丹體型好像變大了一倍，更奇怪的是，在阿菊耳畔始終揮之不去的市集叫鬧聲，竟然慢慢地變小，最後恍恍惚惚之中，阿菊甚至有些聽不清楚牡丹開開閉閉的嘴裡所

---

37 石敢當：位於街巷丁字路口驅邪止煞的石碑。

發出的聲音。

「小姐……」阿菊正要站起來向牡丹解釋清楚時，她又看到了。

「啊啊！」

在怒氣騰騰的牡丹旁邊，巷口石敢當光滑的石面上，突然浮現了一張臉。

黑色的臉，沒有嘴巴，沒有耳鼻，長了兩隻眼睛的黑雞蛋。

爬滿燦黃亮斑的兩手兩腳也安靜地往前伸出。

「啊……你……不要過來！」阿菊驚慌失措。

怪物一下子就全身竄爬了出來，身材看起來竟然比阿菊小時候看到的模樣還要高壯，比一間房舍還要巨大的身體，壓下了一片龐然陰影，霎時間遮住了阿菊和牡丹兩人。

它彎著腰，黑色的臉龐橫越過憤怒的牡丹梳螺髻的油亮烏髮，靜靜地俯瞰著目瞪口呆的阿菊。

儘管怪物無鼻，她的額頭卻似乎感受到怪物呼氣時傳來燥熱濃臭的腥味。

「啥？妳講啥？」牡丹仍舊盛氣凌人，雙手叉放腰間，虎視眈眈望著阿菊。

「咕咕……」怪物彎著腰對阿菊含糊不清地說話，沾滿黑色黏液的肚子不停滑動著。

「你，你別過來，啊啊……」

怪物的臉幾乎要貼在阿菊的臉上，它兩隻死魚般的眼睛像刀子一樣的白亮。

「我不要，我不要……」阿菊死命地叫喊著，身軀也不停往後挪動，但牡丹還是一樣無動於衷，盛氣凌人，彷彿看不到怪物的身影，只是厲聲責罵阿菊為何突然大呼小叫。

「咕……」怪物的肚子突然裂開了一個黑暗的洞口。

「對了，你……快點，快點……吃她，把牡丹吃掉，吃她沒關係！」阿菊繃緊的神經彷彿突然斷裂，扭曲著臉孔大喊大笑。

「我把牡丹給你，快點吃她，哈哈！把牡丹吃掉！」

怪物的無形鼻子越靠越近，彷彿上下嗅聞著阿菊的髮絲。

「咕……咕噗……」

「哈哈哈，吃她，快吃她！」

「阿菊，你是起瘋喔？」

「咕……」

「不是我，是她，快吃她！」

「妳這個瘋查某！」

怪物的身體往下撲倒，雙眼一黑的阿菊不自覺跪了下來。

阿菊抬頭一看，卻是牡丹疑惑不解的臉龐。

用來擋煞的石敢當仍舊端坐巷口，眼前毫無怪物的身影，方才的恐怖場景就像是一場無痕無跡的夢境。

「哈哈，真是瘋查某……」心滿意足的牡丹，撇嘴丟下這句話便趾高氣昂地離去了。

阿菊散亂著頭髮，眼神愣愣望著水溝裡沾滿泥水的菜籃。

6.

隔日，老闆娘叫喚阿菊來到藍興布店的廳房，劈頭便罵。

「今天我和夥計營業前，去清點庫藏，倉庫內，有一匹錦紋鑲金布消失了。」

經過昨日巷口的驚嚇，心神不寧的阿菊瞪大了雙眼，絲毫不知道發生了什麼事，只好慌張地低下頭，說自己一定會把失物找回來。

「妳不用假好心，我都查清楚了。」阿菊轉頭正要去布店的倉庫時，老闆娘惡狠狠的聲音又嚇得她不敢動作。

「這……」阿菊低著頭不敢吭聲，只能任憑老闆娘大聲斥喝。

「放鑲金布的位置，只有妳與夥計知情。我已經問過其他人，不是店裡任何一個夥計偷的。」

「我……」阿菊睜大了眼，百口莫辯。

「是妳吧？阿菊！」

阿菊臉色發青，用顫抖的眼神望著坐在一旁太師椅上的大老闆。

大老闆搖搖頭。

「妳為什麼這樣做？咱們待妳不好嗎？真是飼老鼠咬布袋！」

「不是，不是……」

「不是什麼，敢講還有別人？」

老闆娘突然從椅子上站起，惡狠狠的眼光盯著阿菊，一步步向她走近……

接下來發生了什麼事，無論阿菊如何回想，似乎也只剩下片段的回憶了。

老闆娘似乎打了自己好幾記耳光。

最後的印象，只是自己傻傻走在布店不遠的港街上，腳邊正矗立著昨日怪物再次現身的石敢當。

她呆望著眼前的石敢當。

現在呢？現在該怎麼辦呢？身為查某嫺，連轉賣的機會也沒有，便硬生生被布店的人趕了出來。

握著幾十錢的掌心滲出汗。

不知道是誰給的，好像是店內夥計吧？

聽說先生這時恰巧外出，和流散四方的反抗武師商量事情，阿菊就算想要去找先生，也不知道反抗軍集合的地點。但就算找到先生，又能如何呢？必須寄人籬下的先生，自保都成困難了，難道還會在意布店裡一名小小的女婢？

她在港街上左看右看，手足無措，這時熱鬧喧騰的街市突然走來了一隊一隊哞哞低鳴的牛群。

對了，現在正是農閒，塗角窟庄頭外圍的空地上，正如期舉行著乘月趕牛墟的活動，一群群昂首低哞的牛隻，都是翻越過大肚山車米崙一路行踏過來的隊伍。

她低著頭默默走過嘈雜牛群，掛著牛鈴的小牛尖角劃破了她褪色的花裙，阿菊也沒有察覺。

她終於流下了眼淚。

鹹澀又溼熱的液體碰到她的嘴角時，阿菊才發現自己哭了。

她一下子就猜出鑲金布匹是被誰偷了，犯人絕對不是她。

阿菊萬分冤枉。

她被掃地出門之後，老闆娘甚至不想把她賣給其他人家，難道是怕介紹了賊仔查某嫺給他人，會壞了自己名聲？

難道徘徊街上的自己，只能作乞食婆了嗎？

阿菊的肩頭恐懼得顫抖起來，淚水也像是被串起的珠子般不停滑落。

為什麼自己要默默忍受這一切？

為什麼自己努力工作，辛勤了這麼多年，如今卻是被人像垃圾般掃地出門。

自己就像是個髒汙的多餘，可有可無的存在，不論如何奮鬥，如何腳踏實地地生活著，終歸只是來到一個毫無希望、毫無未來的結局。

憑什麼自己一定要承受這種痛苦呢？

難道只因自己的母親是查某嫺，自己就活該忍受，從爛泥裡長出的菜籽只配擁有榨作籽油的運命，一旦利用價值殆盡就什麼都不是。什麼都不值得的人生，活著究竟有什麼意義呢？

她的母親，盲目辛勤了一生，結果死後連一副棺材板都是向人施捨得來。

牡丹的好命，只因她生在富貴人家，不愁吃穿，便自以為無所不能，她與牡丹，如同雲泥之隔的距離。

為什麼這麼不公平？你們……你們憑什麼欺負我？

——你們……去死！通通都去死！

阿菊張瞪著一雙充滿血絲的雙眼，跪坐在街頭上大聲怒吼，隨即便哈哈大笑起來，雙手往前胡亂撲抓，就像瘋了一樣，彷彿把一輩子積壓在心頭的所有怨懟全數釋放出來。

路邊牛群都睜圓了雙眼，踣足倒退，詫異地望著阿菊。

連綿的牛隊裡叮叮搖晃的牛鈴，彷彿也正被一臉癲狂模樣的女孩臉龐所震驚。

7.

許多天之後，從傍晚薄暮時分開始，一場凶猛大火燒掉了藍興布店，小腳纏著白布綁腿的日本軍人在門口衝進衝出，一名面容暴戾的日本軍官持著槍刀，正指揮隊伍進入布店內搜查，猛烈火勢直至夜晚，毫無止歇。

塗角窟庄的人們都嚇得躲在房裡，鬧市攤販眼看情勢不對，也趁早收攤。那些曾與日本人談條件的港街商號，沒有一個人站出來替藍興布店說話，畢竟當初與日人協議的內容裡，便包含不允許港街上的商家窩藏逃犯，如今布店被查出問題，也沒有人敢仗義直言挺身相助。

街上的商家心想，只要能保住自家的財產與生命安全就好了，誰還顧得了其他？

吵鬧的暴行一直折騰不休，噴炸的煙霧夾雜著紅色的火光，灰褐色的濃霧裡傳來了救命的哭喊與痛苦的哀嚎。

躲藏在對街角落的阿菊面無表情，遠遠注視著布店失火的悲慘景象。

闇夜裡，一雙淡漠沉黑的眼瞳，正映照著紅殷殷的火苗。

她知道日本人會進布店搜查，但她沒有想到他們一不作二不休，竟然會放火燒掉整間店舖。

阿菊的眼瞳中不停反射著濺射的火花。

同時，她的心裡湧升起了一股擔憂不安的情緒。

她並未料及日人會放火，所以她擔心藏匿在布店裡的先生將被火災波及，但她無法控制日本人抓拿叛黨的做法。

她雖然私下密告了日本人，藍興布店是窩藏叛亂軍的地方，但她並不希望先生被擒拿，她只是想要報復布店對她的無情無義。

她必須趕快帶領先生離開布店才行，否則時間一晚，很有可能先生會被捕抓。

因為從小就在布店生活，阿菊知道有一條偏僻的街道可以通往傭人房的小徑。她快步前行，想要安全救出先生。

躲過了布店前日本人的注意，心神不寧的阿菊在暗巷裡加快了腳步。

這時，牆角的窗戶裡傳來了一陣意外的喊叫。

「阿菊、阿菊！是妳嗎？」

嚇了一跳的阿菊往窗內一瞧。

灰白色的濃煙裡，突然浮出了一張痛苦掙扎的臉龐。

那是牡丹的臉。

「阿菊，快來救我！咳咳……我好難受啊！」

阿菊默不作聲，瞇著眼睛瞅望著臉上嗆滿涕淚的布店大小姐。

「……是我！都是我不好，不該誣陷妳偷布匹！」

離開布店幾天後，阿菊便猜想到自己會被布店趕走，肯定與小姐有關。所以，無法忍氣吞聲的阿菊，才出賣了布店。如今看到牡丹痛苦難捱的表情，她一點也不感到後悔。

「妳不能……咳咳……妳不能走！……阿菊！」

轉過身，再也不想看到牡丹的阿菊，突然感到一陣莫名其妙的傷感。

「我說……我跟妳說……咳……是怪物！這都是怪物的錯！」

本來想一走了之的阿菊，聽到牡丹的喊叫，就像是被冰凍住了一樣，頸背直冒冷汗。

「……都是怪物要恐嚇我……黑色的怪物！一個恐怖的黑色怪物！它每夜都來我的夢中，要來吃我！」

「怪……怪物?!」阿菊張大了眼睛不敢置信。

這時，在煙霧密布、閃著熾烈火光的木格子窗戶裡，突然又浮現了另一道黑色的身影。

阿菊彷彿即將窒息。

「……對對！就是那隻怪物……它說，它要吃我，它要吃我啊！我真怕，我好怕……」

濃霧中另一個黑色的身影彷彿半透明的物體，在竄飛的火花裡搖晃不定。

「……我想，怪物要跟我說……跟我說，要吃掉我身邊最寶貴的東西……是妳，都是妳！都是妳搶走了我的阿爸，還搶走了我的先生！」

透過窗櫺的縫隙看去，牡丹整張臉彷彿吸了水漲大了起來，扭曲的眼眶和拉長的嘴唇嚇得阿菊一步步往後退。

這時，房間裡另一道黑影的臉龐也漸漸清晰了起來，阿菊很清楚那是屬於誰的臉龐。

窗戶的另一邊，牡丹和怪物一前一後，牡丹開始不停地喊叫，哭喊著救命，但是黑色的怪物卻一句話也不說。

因為怪物沒有嘴巴，所以，那張臉不像是笑，也不像是哭，不帶任何情緒的白色雙眼，只是直盯著阿菊。

咧著嘴嘶喊的牡丹，費盡力氣想要撞壞木格子窗戶，卻是徒勞無功。

「救命呀！救命……妳快救我……」

牡丹望著窗戶另一端的阿菊，靈魂彷彿離開了自己的身體，牡丹在無意識中只是扯著喉嚨大聲喊叫。

牡丹最後聲嘶力竭，漸漸倒下，白色的煙霧掩埋了她的形體和聲音。

窗戶中，只剩下一道黑影繼續凝望著呆若木雞的阿菊。

這時，阿菊才終於知曉。

怪物從來沒有離開過她的身邊。

它早就把自己一點一點都吃掉了。

而今天將是它最後一次出現的日子。

她再也逃不掉。

窗子裡的黑影，越變越大，原本白煙密布的房間，不知道什麼時候，已經由白轉黑，黑色的濃煙不停衝出窗外，將阿菊的身體團團圍住，她就此淹沒於層層疊疊的黑煙之中。

「咕……咕噗……」那一道劇烈擴展的龐大黑影之中，突然裂開了一個黑洞般的巨大洞口，深不見底，阿菊的耳畔傳來怪物不明所以的呼氣聲。

阿菊像是被催眠了一樣，靜靜地往前走，走入那座黑暗的洞窟之中。

在最後的意識消失之前，阿菊霎時間才明白，她永遠無法救出先生了。

先生若不是被火燒死，也會被日軍抓住，不論是哪一種情形，她都將再也無法與先生見面。而這樣的結局，是她親手所造就。

阿菊悲傷地閉上了眼睛。

七月七之夜

七夕，呼為巧節。家供織女，稱為七星孃。紙糊綵亭，晚備花粉、香果、酒醴、三牲、鴨蛋七枚、飯七碗，命道士祭獻。

——范咸《重修臺灣府志》

1.

「哎，天氣真是熱死人，大日頭簡直就要曝死人，做人這麼累，還不如做狗爬較好過！」

途經大肚溪海口沿岸鋪設的碼頭木棧道上，年紀六十多歲的羅金一邊拭去眉間的涔涔汗滴，一邊自言自語抱怨連連。

自從改隸日本之後，在塗角窟港口碼頭經營五穀米鋪的羅金，便在臺中廳[38]的官方授命下，成為塗角窟支廳第五保的保正。

羅金今天之所以會忙得翻天覆地，是因為他答應了警署，要幫忙鄰庄役場裡新來的保甲書記，重新記錄庄頭裡的各家戶籍登記。而他在役場忙碌之際，又有人臨時跑來通知他，港街上那一戶開設中藥行的夫妻又因小事爭吵而摔桌踹椅，妻子甚至當街叫喊，要將丈夫千刀萬剮才甘心。

接獲通知的羅金慌慌張張離開役場，連忙趕至事發地點，當時圍觀的眾人眼見妻子手

---

38 臺中廳：日治時期的行政區劃分改制多次，明治三十四年（西元1901年）到明治四十二年（西元1909年）廢縣置廳，規劃成「總督府、廳、支廳、區、街庄」的行政體系。

中揮舞著白晃晃的亮光，朝著丈夫狠狠戳去——藥行老闆以為被尖銳的刀子刺傷，當場暈厥在地，羅金趕緊上前拉開瘋癲似的老闆娘，掰開她雙手，才發現原來她只是持拿著一支藥行裡秤重算兩的鐵秤桿，空口威脅丈夫罷了。

炎炎赤日下東奔西走一整天，早已筋疲力盡的羅金，在薄暮時分慢步返家，瞥眼瞧見一隻肚肥皮厚的小黃狗，正悠閒躺臥在碼頭上的鐵欄杆旁吐舌打哈欠，便覺得當狗比當人實在福氣多了。

幸好所有事情都解決妥善，也總算可以哼著小曲返家。羅金雖然口頭抱怨，但卸去重擔的心頭卻是無比輕鬆，心神一鬆懈，他突如其來打了個噴嚏，鼻水直流，甚至還開始頭疼耳熱。

沒想到勞累了一整天，竟忘了自己前幾日意外染上了風邪之疾，病恙尚未痊癒好轉。而他一早便硬撐著病軀從床榻上起身出門，一心想盡責完成保正的分內任務。

羅金用滲著汗水味的長袖擦了擦鼻水，一陣懊惱心情油然而生。

真是越老越沒用，想從前年輕時，他可是身子骨硬朗得像鋼鐵一樣，幾乎不曾生過病。沒想到一年多前，老伴過世之後，羅金的身體也愈來愈糟，不知是何原因，每逢天冷之際，他便容易病懨懨毫無氣力，逐日身虛體弱。

羅金心想，可能是近來瑣事繁多忘了照顧身體，才讓病魔有機可趁吧，也或許，是因為寂寞；自從恩愛多年的攜手髮妻闔眼逝世之後，他便覺得繼續活著，也實在沒什麼意思了。

此時，站在磚石棧道上往海口望去，日暮時分大肚溪的水流，就像是一襲不停呢喃細語的翡色緞綢般，正往夕暉所暈紅的西方大海滾滾流去。

碼頭邊磚石棧道的沿岸，豎立著一排排鋼黑的鐵製街燈，時分將夜，瓦斯街燈早已點亮，黃色光輝讓羅金感到分外溫暖。

在燈火照射下，棧道上淺灰色和紅色的磚石交互排成了「八」字型，朝著港街鋪設，看起來像是雙手張開一樣。

身軀燥熱酸痛的羅金，只想快點匆匆返家，實在無暇欣賞這時黃昏的海岸景色。

大熱天對於年歲漸老的羅金來說，簡直就像是酷刑一般，所以當羅金走過磚石棧道後，看到一間糕餅店的鋪子外頭，放置一大壺特地為過路者解渴的「奉茶」時，就像是追著自己尾巴旋轉的小狗般歡欣鼓舞，趕忙上前拿著店家提供的茶碗裝茶，迫不及待一解整日的口渴舌燥。

略涼的麥茶入喉，暑氣全消，羅金忍不住張大嘴，緩緩舒了一口氣。

「誰無聲無息突然出現，害我嚇一跳——原來是保正伯，辦事回來啦。來來，坐啦，再來杯奉茶，我拿凳仔來。」

從糕餅鋪子裡探頭出來的是老闆豐叔，一看羅金正脫下斗笠在門口喝著奉茶，便嘻嘻哈哈殷勤地從店鋪屋內移來長板凳，與羅金同坐納涼。

當時雖然在日本人的統治下，無給俸的保正，都會趁機倚靠著日本警察的勢力狐假虎威，不過，也有許多盡忠職守的保正誠心服務鄰坊。

例如，家中營業米穀生意也兼任保正的羅金，便在港街地區上頗受眾人信賴。家中經營糕餅店的豐叔，去年曾因白糖的批貨出了問題，與隔街負責船運貿易的船頭行商家「芝蘭記」起了嫌隙，幸虧羅金愛管閒事的三寸不爛之舌，居中斡旋，才省去了許多麻煩紛爭。

「火氣很大喔，保正伯今仔日又在外頭走了整天？」

「是啊，這種熱天實在要人命。」

「不會熱啦，日頭現在都要落山囉！」

「就算是這樣，我也快受不了了，一路走來都滿身汗。」

「哈哈，保正伯該不會是老了吧？」

坐在板凳上的羅金瞇著一雙小而腫脹發紅的雙眼，朝對街的剃頭店厝頂上遠望，方才車輪般的大太陽的確只剩下些微的粉色光芒洩漏在沉鬱鬱的山頭上，昏黃的天空，就像是一張逐漸被人抽扯掉各色紡紗的衣衫一樣，唯獨留下來的只是一堆無用的黑線，還纏綿在無邊無際的天穹。

天氣確實轉涼了，從街道上低低吹來的寒風，甚至引起羅金小腿的一陣顫抖。

難道……自己真老了，不中用了？

羅金搖搖頭，不願意承認。

——呿，豐叔的回話真是亂七八糟，羅金嘖著嘴。

「保正伯方才該不會又去中藥行了吧？」

「欸，你猜對囉。」

「姓林的夫妻倆，這次，又變什麼花樣？」

「查某人在街路上威脅要用刀子砍死丈夫，弄得港街上一陣騷動，姓林的中看不中用，被妻子嚇到暈倒，結果，她手上哪有拿什麼刀子？只不過是一把中藥店裡用來秤重的大秤桿罷了。看來，她也沒有要殺丈夫的意思，當街喧譁，只是為了嚇唬丈夫，讓他沒面子而已，實在是墓仔埔放炮，驚死人。」

「那間中藥行的夫妻還真是愛玩，呵呵，三天五天就來一齣戲，真是黑白亂來，讓厝邊眾人提心吊膽。」

「唉，都怪那個姓林的，查甫人沒路用，左手賣藥蔘，右手拿骰子，我看，他只要繼續玩下去，他若要賣掉他的妻子還嫌不夠咧。」

「賭博師父，無褲穿啦，那姓林的真沒路用，真是讓人看了就搖搖頭。」
「幸虧他兩人從來沒把事情鬧大。」
羅金捧著茶碗，啜飲著沁涼的麥茶，回想著中午時中藥行的夥計匆匆忙忙來役場找他時，他還真不想管。
只不過看到那十幾歲的小夥計嚇得快哭出來的模樣，他也不好意思拒絕，畢竟，前幾次都是靠他的調解，才讓那對夫婦稍微收斂一下，何況，聽說這次連刀子都拿出來了，他可不願意見到任何意外事故發生。
身為日本政府的保正，除了義務服務庄里的責任外，個性素來見義勇為的羅金，也不能坐視這種事情在他眼皮底下發生。
「保正伯還真是辛苦喲，話說，你店內還好吧？」
「有我的後生[39]在處理店務，生意很好，聽他說，初八還要接一批新訂單。」
「初八……欸，不就是明仔日？」
「是呀，就是明仔日。」
「啊，今仔日不就是七月七日囉！」
「沒錯，看你這樣緊張，怎麼了？」
「保正伯，是七月七日耶，那件事情你忘記了？」

羅金從來沒忘記豐叔口中的「那件事情」，只不過事情太過古怪難解，所以這些時日以來，也只是把「那件事情」放在心頭不去加以理會。

不過，豐叔這麼提起，反而讓羅金陷入了深深的思考，心神專注到茶碗都靠在嘴唇邊卻忘了將茶水飲下。

2.

小女孩的玲瓏雙眼，映照著窗外漸暗的天空，隨著時間推移，圓滾滾的瞳眸也逐步綴上了一顆兩顆三顆的星子倒影，當半彎的月鉤靜靜地滑入小女孩困倦的眼波之中時，兩扇薄薄的眼皮就像是藏寶箱的箱蓋一般，隨之緩緩闔上。

看在床鋪旁阿米的眼中，臉龐枯瘦蠟黃的小女孩，就像是把星星和月兒一併收進了眼中，輕輕收進了那溫柔的夢裡一樣。

那應該是個晶亮透徹的美夢吧？就算是待在無邊際的黑夜裡也不會害怕的美夢，因為星星和月娘會陪在女孩的左右。

阿米如此滿足地想像。

總算將容易哭鬧的小孩哄睡了，可是阿米卻沒辦法閒下來。

她拿著一盞小燈籠，將裡頭的紅蠟燭掏出來，點亮放在床鋪旁，瞬間的亮光將阿米臉頰上深陷的凹凸皺紋顯得更加陰翳，說明著她早已不再年輕的歲數。在閃爍不定的燈火中，尖長的下巴在牆上所投射的陰影曲線，不言而喻地述說了阿米特有的堅強個性。

方才被女孩睡前把玩，所以散落一地的綠色竹片和七彩的紙張，依序被阿米細心撿起，並且手腳迅速地用糯米糊膠將細長的竹片與彩紙小心翼翼地粘合。

阿米因為連夜趕工而疲累萬分，還不小心打翻了碗盆盛裝的糯米糊膠。

她趕緊將碗盆立好。

她必須要快點將最後一個七娘媽糊紙亭做好才行。

用八根竹片先搭建出一座長方體架構，再將前幾日繪好的鮮豔彩紙，仔細地黏貼在搭起的竹架上。此外，糊紙亭子還必須製作三層突出的平臺。

在這座港庄中，阿米的巧手可是遠近馳名，不論是元宵節的花燈或是喪葬時的竹亭紙偶都製作得維妙維肖、精緻細膩，去年春節她替燈籠鋪製作的龍鳳彩燈甚至在花燈競賽中奪冠掄魁，眾人皆讚賞她之手藝巧奪天工，但對於阿米來說，這一門技藝說穿了，也只不過是用來吃飯糊口的熟練功夫罷了。

此刻，阿米已動作熟練地用竹條搭建其餘部分，一座七娘媽亭逐漸成型……

七娘媽呀……

這是掌管著七月七日的女神。

對於小孩子而言，也是最神聖的守護神……

——但是，妳知道七娘媽其實不是一位女神喔，而是六位……

伴隨著操作熟練的糊紙亭製作，阿米的心中不禁迴響起幼兒時母親最常述說的故事，而這故事也是方才為了哄睡小女孩，而在女孩的耳畔輕輕吹著氣、細聲講述的睡前故事。

「在很久很久以前，舉頭看也看不到的天空中，有一座神明居住的天庭，天庭中住著一位偉大的神明，妳知道那是誰嗎？沒錯，祂就是帝爺公[40]。

帝爺公掌管整個天庭，甚至咱所住的地上世界，也是由祂負責來管理，祂就是這麼厲害的神明。而且帝爺公生了七個查某囝仔喔，每一個查某囝仔都是帝爺公最珍貴的寶貝。

但是，就算是帝爺公再厲害再偉大，亦不能阻止祂的查某囝仔與人戀愛。排行第七的仙女，名叫織女，竟然不小心愛上了凡間的牛郎，兩人因為談戀愛，都忘記了自己的工作。帝爺公看到織女不織布，牛郎不牧牛，一氣之下，就將兩人分隔在天上銀河的兩端，

---

40 帝爺公：玄天上帝，又稱上帝公、上帝爺。

允許兩人一年只能見一次面……」

陷入回憶的阿米，不自覺地放慢手上的工作，從破舊不堪的窗縫吹進來的凍冷夜風，正搖晃著微弱的燭火，在明滅不定忽左忽右的光線中，依稀能見到窗外幾抹流星無聲劃過夜空的蒼白痕跡。

「……妳該不會是想，故事就這麼結束了吧？才不是呢！呵呵，若是牛郎和織女從此以後都住在天上銀河的兩邊，那麼妳想，他們兩人生下的一對查甫囝仔、查某囝仔要怎麼辦？難道說，也要被帝爺公趕到天上去，永遠住在非常寂寞的天空嗎？就算是萬能的帝爺公，恐怕也不知道該怎麼辦吧？

這時候，帝爺公身邊的六位仙女，也就是織女的阿姐們，便一齊站出來，表示願意照顧這位愛玩的小妹生下的兒女，因為她們覺得這兩個囝仔無依無靠，實在太可憐了，所以想代為照顧。所以囉，咱們現在才會認為這六位好阿姐是囝仔的保護神，並且尊稱祂們是『七娘媽』。

妳還記得嗎？妳之前過周歲的時候，我有抱妳到庄頭裡的廟祠，給七娘媽作義女，所以呀，妳要記住，妳是七娘媽最寶貝的契查某囝仔喔……」

3.

將茶碗往後一倒，羅金一口飲完剩下的麥茶之後，才擦著濡溼的嘴角，以緩慢的語調回答豐叔的問題。

「你說的是那件奇怪的搶劫案吧？」

「沒錯，就是那件奇怪的搶案。保正伯，我記得前幾個月你與我聊天的時候，有講到這個案子，我現在才突然想起來。」

「專門在七月初七打家劫舍的案子。」

「還真不是普通的奇怪，呵，兇手真是不可思議的好大膽子。現此時，是天皇在掌管臺灣人的生活，日本警察的執法嚴格是出了名的毫不留情，若是偷拿一粒米被人抓到，腳手都會被日本人拖去狠狠砍斷，沒想到這種情況下，還會有人冒險去搶錢，真是膽子大到天邊去了。」

「不過，最奇怪的是，犯下這案子的搶匪，是在前年和去年的七月初七犯下搶案，真是讓人想不透。」

「不過，保正伯，你是怎麼確定前兩年犯下這案子的，是相同的人？」

「這個推測，是日本警察所猜想，認為這兩件案子應該是相同的人犯下。我聽役場內的警察大人講，這兩件案子都是一個全身蒙著黑紗布的人跑進富豪的厝內犯案，而且兩次搶劫，都拿著一支看起來威力驚人的火銃，再加上一樣的時間點，不可能這麼湊巧，所以辦案的警察大人才會認為是同款的犯人。」

「哇！竟然還拿著火銃來搶劫，這犯人的膽子實在讓人驚訝，現在只要持有槍砲，就會被日本人視為造反，真不知曉這小小的賊匪，是從什麼管道取得槍械，該不會是……有地下的反抗軍在背後撐腰吧？」講到此處，豐叔還刻意壓低了音量，彷彿害怕被人聽到。

「我認為不可能，畢竟現在時局穩定多了，日本人的統治都十多年了，就算存在敢反抗日本人的游擊軍，也只剩下內山不怕死的土番，時不時在夜裡衝出來獵割日本人頭顱。塗角窟港是日本人重視的貿易商港，光是前幾年憲兵隊進駐港口大街這件事，也讓游擊軍嚇得逃竄到中部的深山裡，怎麼可能會有反抗軍神不知鬼不覺躲匿在港街裡，卻沒被人發現？」深知地方實情的羅金搖搖頭，一口便推翻豐叔對於犯人的想像。

「你說的也是有道理，看來搶匪極有可能是單獨行動……對了，還有沒有什麼更詳細的描述？譬如說，身高多高、年齡大小的猜測？」

「這也很難說，因為犯人作案的時候什麼話也沒講，只是拿著火銃威脅被搶的人家，根據描述，只知道搶犯身材比較瘦小。」

「嗯嗯，瘦小的身材嗎……呵，也許犯人是查某人咧。」

「若是查某人的話，也實在太膽大包天了呀。聽警察大人說，犯人一進去厝內威脅被害人之後，便直接跑到主人家的臥房裡，將藏在臥房裡的錢財搜括一空。」

「原來如此，這小賊還真是動作俐落。」

「連日本警察也不知道該如何去查案，而且被搶的受害人都是港街上非富即貴的大戶家門，一戶是木材行，一戶是茶鋪，雖然丟失了大筆金錢，卻查不出任何線索。自從日本人統治這幾年以來，咱這塗角窟庄民風算是善良安分，就算晚上不關門睡覺，也從沒聽過有誰家丟失了東西，這古怪的搶案算是奇怪的特例。不過，始終抓不到犯人，日本人本來也不想繼續追查，但是，因為犯人持有武器，又太明目張膽，所以他們對歹徒也不想放縱。」

「還真是亂七八糟的搶匪，要挑選搶劫，還會選時辰，而且一年才搶一次，真是讓人想不通。」

4.

女孩的咳嗽聲倏地驚醒了阿米的回憶，阿米熟練地將一旁隨時準備好的溫熱茶水端來給女孩，女孩啜了幾口之後，才又沉沉睡去。

真是可憐的查某囝仔。

阿米撇著頭嘆氣，將女孩脖子上保平安的護身銀鎖牌取下，想讓女孩舒服地躺著入眠。女孩頸上的這片銀箔護身鎖牌，是幾年前去宮廟時，特地替女孩求來保平安的護身牌。

照顧完女孩之後，她才連忙將快要被燭火燒到的七娘媽紙亭移往旁邊。糊紙亭才做完一半而已，動作必須要快一點才行。

畢竟「時間」就像是天上星星的行走一樣，雖然不容易察覺，但它們卻是每一夜都在行走，走到了另一個季節，又會有不同的星星走在同樣的軌跡上。所謂的人呀，就是必須不停不停地向前走。

這個想法是阿米的母親所告訴她。

所以阿米也喜歡走路。

雖然，走到這個歲數之前，她的人生從來沒有任何好事情發生過。

早已經忘了在多久以前，曾經被幾個男人欺騙過感情之後，她就再也不相信世間上有什麼可以依賴的東西。阿米自知從沒讀過書冊，不懂得什麼聖賢大道理，但她至少在心中知道，人的生命，大概就像是夜裡繁星中的一個小亮光，就算是多麼努力往前走，也碰不到其他星星，因為大家都在各自的軌道上前進。

每個人都有屬於自己的命運軌跡。
人呀，只有靠自己，才能發亮，才能活著。要不然，就只能像熄滅的流星般跌落遠方的塵土，也無人察覺。
當她明白這個道理的時候，她便對未來沒有太多的期待了，僅僅只是努力活著而已。關於往事的回想，她也只剩下關於母親的零星記憶，以及三年前春末的某一天夜晚，地牛翻身的那場中部大地震。
在那場可怕災禍中，她在塗角窟街尾賴以維生數十年的土角厝塌倒了，她成為一位一無所有的人。
她在往後的歲月裡經常夢見地震時發生的情景。
在屋頂悚然塌陷的當時，無數的粗礪塵砂一股腦滲進口舌的滋味，始終讓她在此後的日子裡不自覺咀嚼著口水，彷彿有異物阻塞在喉。但是，每當在夜裡夢見地震情景的當下，那夢並不是純然悲傷的痛苦，反而是充溢著一股奇妙而說不清楚的溫暖氣息。
因為那時，正彎身躲避家中梁柱土石坍塌的阿米，本來已經喪失了任何求生意志，只想要任憑塌毀的房舍壓垮自己的生命時，卻恰巧從窗戶看見了對街一片碎瓦礫下，一隻很小很小的瘦白手掌，正在汙黑破裂的土石中輕輕揮動的景象。
令人目瞪口呆的景象。

阿米在驚險萬分的時刻裡，沒有任何思考的餘力，便低著身子爬過轟轟隆隆的碎裂瓦石，拚了命將磚瓦堆中幸運倖存的小生命一把抓抱了出來。

好不容易跟著死裡逃生的人們跑到附近空曠的曬穀場，阿米才有時間查看懷中拯救出來的生命。

從石堆中撿來的嬰孩，看起來是個不足一歲的小女孩，抽泣的小臉上滿是淚珠摻和著骯髒的黑泥。

從狼藉凌亂的廢墟中拾來的簍筐中，有一些弄汙的饅頭，筋疲力盡的阿米已經無法找到其他可供充飢的食物。她只好將饅頭撕碎沾水，餵飽了哭鬧不休的小女嬰，在林投樹的陰影下，摟著女嬰昏昏沉沉睡了一晚，直至隔天，她才想到女嬰去處的問題。

回到了當時發現女嬰的瓦礫堆，已經有許多的屍體被人挖掘出，一排排屍體用草蓆裹覆放在路邊，等候親人認領。有的罹難者只是用簡單的衫物披上，暫時擱放在塌落的門板上。

儘管大地震已經過了一夜，餘震也不再出現，仍然有一些被房舍梁柱壓斷手腳的人，正躺在半倒的土角厝前低聲哀嚎。

杜倒瓦亂的廢墟中，裹屍的米黃色草蓆綿延鋪滿一片，彷彿一束束剛收割起來晾曬的巨大的黃色稻莖。

炎炎烈日裡，那些草蓆中熏出了令人胃液翻騰的臭味。

黑糊糊一團，在空中流動聚集的數千隻蒼蠅，像是在辦廟會祭典般瘋狂舞蹈。

一位負責搬運屍體的年輕人，低著頭喃喃自語：幾千多人哪……

因災區廣泛，聽說有來自北城的醫師與看護婦前來中部地區照護傷患，而阿米所在的塗角窟，只有一位看起來十分疲累的年輕醫師在臨時救護站裡忙進忙出。

從現場慘不忍睹的狀況看來，似乎很難找到女孩的親人。阿米和女孩是少數死裡逃生的奇蹟。

衣衫襤褸髒汙的阿米掩著口鼻閉著眼睛，兩腳發抖地慢慢離開。

女嬰該怎麼辦呢？

阿米決定抱著她先到臺中廳臨時搭建的收留所一起生活，再看看日後有沒有辦法找到她親人。

不過，從災害現場看來，女嬰的親人看來也是凶多吉少了。

久而久之，在長期的相處之下，阿米也順理成章把小女嬰當成了自己的女兒在照顧。

最後，收留所因為經費不足停辦之後，阿米揹著小女孩找到了塗角窟郊外一間廢棄的茅草屋充當住所。就算地震再來，竹茅屋也不會再像以前疊磚架石的土角厝般壓死人。

她替小女孩取了一個名字：阿春。

因為在那場地震晃盪的黯夜裡，從土礫堆中伸出來的瘦白小手，總讓阿米覺得驚人的刺目，白色的小手，讓她恍惚間覺得那是寒夜裡唯一存在的白色光芒，握住女孩的手掌，就像是握住了溫暖的春天一般。

昔日，阿米自從失去了母親的陪伴之後，便是一個人獨自生活。

每日凌晨就到豆腐舖碾磨黃豆，在水池邊拿著飼料餵養著雞鴨，無事時便躺在水池邊的草地上，看著雲朵一片一片朝遠方飄去。

長久以來，如此一個人的生活她總覺得自己可有可無，毫無特色的她走在港街上，也從來不會引起他人注意，阿米自認卑微渺小，就算不小心踩到青苔滑倒跌進了大肚溪，恐怕連愛抓替死鬼當交替的水鬼睜大了眼，也不會發覺她的存在吧？

現在，多了小女孩的日夜陪伴，阿米卻彷彿換了一個人似的。

返回沒被地震震垮的豆腐舖，她每日更加辛勤工作，讓豆腐舖的老闆驚嚇萬分，以為阿米被鬼附身了，要不然怎麼會一邊流著汗轉石磨，一邊面帶微笑呢？

有一晚，返回茅屋後忙著洗衣服、熬煮蕃薯稀粥的阿米，正回頭要準備碗筷時，瞥見了正乖乖坐在竹椅上張嘴打哈欠的女孩，阿米竟然笑了，沒有任何預兆的哈哈大笑。

因為小女孩的陪伴，她才發覺以往的日子，原來自己過得一點也不快樂。

所以當小女孩的臉龐一日一日瘦下去，膚色也一天一天暗黃，鎮日忙於工作而終於察覺夜裡女孩呻吟聲的阿米，趕緊拿出藏在床鋪下積攢了幾個月的錢，慌張地抱著女孩，給港街上好幾家醫館看診。

大夫們卻只是搖搖頭。

——這種病，恕我無能為力。

阿米張開嘴想說什麼，但隨即卻閉起了嘴，轉頭離開。

她抱著女孩一路跌跌撞撞來到豆腐舖，向老闆詢問居住在附近一位日本醫生地址。認識阿米十幾年的老闆也心疼小女孩的病情，但畢竟日本醫生的看診費不同一般，老闆知道阿米可能無法負擔。

「頭家，這麼瘦小可憐的查某囝仔……」悲傷的阿米已無法講出一句完整的句子。

老闆嘆了口氣，塞了些錢在阿米的背袋，並向眼睛紅腫的阿米指出日本醫生的地址。臉紅的阿米摸著背袋向老闆深深鞠躬。

她循著老闆所說地址，找到了住在塗角窟深巷裡的日本醫生的診所，所帶來的錢剛好夠付一次的診療費。

但渾身帶著刺鼻藥味的日本醫生卻同樣搖搖頭。

阿米恍神，遠望著診療室牆壁掛鐘下左右擺動的鐘擺，放大的瞳孔似乎無法對焦。

那時，阿米的鼻翼，彷彿又飄來一股地震隔日蟲蠅嗡嗡作響的作嘔氣味。

兩位穿著白衣的看護婦從門口路過時，正輕鬆地高興談笑。很奇怪，阿米對於眼前醫生所說的話總是聽不太清楚，對於門邊護士的談話內容卻聽得特別仔細。

她們正在談論彼此的孩子在港庄的公學校讀書的生活情況。

阿米想著，我的阿春也能讀書嗎？

阿米用手揉了揉眼睛，把頭轉回醫生的方向。

她強迫自己聽清楚醫生的話語。

穿著白衣的醫生坐在大椅子上，正摸著鬍子，一邊解釋，女孩的病症，是骨子裡血肉裡天生帶來的。

醫生嘴裡像是含了滷蛋般，用一連串的外國音說出了女孩所患的病名，阿米剎那間也聽不懂。

「難醫呀。」阿米只聽得懂最後醫生用彆腳的臺灣話所說出的結論。

他勸阿米要認命。

5.

天色已黯，無數黑壓壓的夜婆[41]正展翅盤旋厝頂，撲撲簌簌的擦翅聲摩娑著寂寞的夜空。

羅金端仰著頭，捧著手上的茶碗，嘴裡回味著方才喉中的麥茶，有著甘潤的滋味。

這種一大早就放在路邊為流汗的路過者所擺設的奉茶，在不同時刻品嚐，總是有不同的風味。一早燙熱的路邊茶具有醒神醒腦的功效，午後略溫的善茶十分溫喉，而方才所飲之茶，經過晚風吹涼，則是舒爽甘甜，清淡宜人。

近來羅金的舌尖似乎越來越敏感，無法忍受過燙的食物，涼爽的麥茶，正適合他的口味，尤其對於現在因為感冒風寒而頭疼眼花的羅金而言，不啻是一種舒爽的感受。

此時豐叔「啊」的一聲，似乎想起了什麼，便從凳子上跳了起來，急急忙忙跑進糕餅舖裡頭。

「真是越老越糊塗，突然之間就忘記蒸籠內還有糕粿，喏，保正伯，我請你吃餅……嗯，對了，我在想，關於這個搶案，這兩戶受害者，該不會有什麼關聯吧？」

41 夜婆：蝙蝠。

隨即回到木凳子上的豐叔提出這個問題時，十分熱心地把一塊色澤紅撲撲的紅龜粿[42]遞給羅金，那是這幾日為了因應七月大普渡而製作的應景糕粿。

「其實一點關聯也沒有，木材行位置在上塗角窟那一帶，另一家茶行好像是在下塗角窟那地帶，其他我就不太清楚了，不過，聽警察大人說，調查之後，兩者之間完全沒有任何關係，所以警署的人調查起來似乎很頭痛。」

「呵呵，保正伯，你只是一個小小的保正，沒想到還要管搶劫案，你的工作包山包海，什麼事情都要攬和，小心累出一身病喔。」

「放心啦，就算我累出病也沒差，我後生很爭氣也很孝順，我不用擔心以後沒人照顧。雖然說這個搶案，我這保正確實不用淌渾水，只不過，那個木材行頭家的妻子是我的姪女，所以我才想要特別關心。」

羅金一邊說話，一邊咬了一口紅豆內餡的糕粿，飽滿豐厚的豆餡香隨即溢滿齒縫。雖然他嘴裡說，自己累出病來也沒關係，但其實，他的心底對於此刻微恙的身體，卻是充滿了不甘心的怨恨。

想當年，他身體就像鐵打的一樣健壯，他最常掛在口中和子孫輩炫耀的往事，莫過於當年他在米穀行擔任挑夫時，和人打賭自己可以扛著米袋追著船跑，而他果真用扁擔扛起一袋兩百多斤的米穀，從中游岸上，與啟航的小帆船一同往大肚溪出海口競跑，結果他竟比帆船早一步抵達塗角窟港，他一把放下擔子，「哇」地吐一口氣，沒想到竟是一堆血。

——就算咳了血，我還是贏了百兩賭金，甚至還獲得米行的大小姐青睞，成了米行的乘龍快婿呢！他總是如此得意洋洋講述這段故事。

但如今，他卻連拿起一斤的米袋也會氣喘吁吁，甚至身體也大病小病不斷。

不，怎會呢？難道……自己真的老了？

羅金不願承認自己到了齒搖髮白的年紀。

他覺得自己就算年齡已屆六十，但身體精力還不到服輸的年齡。

雖然結髮多年的妻子因中風倒地，在睡夢中以祥和的臉龐辭世之後，便讓他對於未來的日子逐漸感到心灰意冷，但是，他也不禁開始思索起，屬於自己人生的意義。

前半輩子，為了米店經營，他不停工作，有了妻子後，他為了家庭日夜奔波跋涉。如今，米店已不需他操心煩惱，與妻子相知相惜的日子已是過去的點滴記憶，膝下兒女也平安長大，照理講，人生至此，羅金該滿足了，應該無所怨嘆了，但他卻隱隱約約感到不安，充滿了困惑。

---

42 紅龜粿：糯米蒸製的糕餅，以紅豆、綠豆等內餡包裹，糕點的紅色象徵吉利，以印模壓出的龜圖代表長壽，是臺灣民間節慶應景之祭拜食物。

所以，這就是人生了嗎？

因此，他寧願放棄在店舖裡做了半輩子的米穀事業，甘心在日本人的指揮下，接任庄頭裡保正職責。就算在大太陽底下東奔西跑累個半死，也強過只能在店裡呼喚年輕伙計去工作的無聊日子。

再加上最近將米穀事業越做越發達的兒子，上個月因為白米調貨的問題，與羅金爭執中，不小心跺腳對他喊了一句：「真是老番癲呀。」更讓他心裡不是滋味。

雖然，這只是父子間一時的氣話罷了，但這些日子以來，羅金心中彷彿突然出現了一根刺，而且那無名的刺還在慢慢長大……

嘴裡甜死人的紅豆餡還在鑽咬著羅金的牙齒神經，一不注意，他便被口水嗆到，忍不住一直咳嗽。

豐叔見狀，連忙盛了一碗麥茶遞給羅金。

羅金雙手托著茶碗，將微涼的麥茶灌入嘴中，速度似乎太快了些。

他一邊咳嗽，瞇皺的眼角似乎也咳出了幾滴淚液。

「保正伯，慢慢吃啦，你這個餓死鬼，就算我的紅龜粿再好吃，也不用吃成這個樣子，若是不注意噎到，轉世跑去投胎，我就慘囉，哈哈。」

「咳……好好，我慢慢吃就是了，你就是愛亂說話。對了，你剛才講，想要知曉被搶的兩戶人家是否有沒有關聯？」

「是呀，我想來想去，還是感覺不對勁。像我平常做餅，都有固定方法，每個步驟都有它的順序和道理，哪時候加麵粉，哪時候添糖，都不能胡亂，所以我想，這搶匪也是人，亦有他的做法。所以說，只要尋到他的做法，要找搶匪就好辦了。難道說，這兩戶之間，沒有什麼共通的線索嗎？」

本來只是為了打發無聊而展開話題，豐叔這時卻開始專心地思考搶案的來龍去脈，與羅金詳細討論。

「嗯，是呀……聽警察大人講，好像沒什麼值得注意的事情……對了，好像有一件事情，現在才想起來……只是小事情而已。」

「反正現在閒閒沒事做，我也要關店，反正咱們坐在這裡納涼，你說出來讓我聽聽看吧。」

「其實也沒什麼啦，去年七月七日，我剛好去那個木材行的厝內拜訪，也就是去我姪女家和親戚聊天。那個時候，我有看到他厝內角落，放著『做十六歲』的七娘媽亭。後來，跟警察大人閒聊時，我才聽說前年另一個受害者的家中，似乎也同樣有一座七娘媽亭。因為日本警察沒看過七娘媽亭，向我問了亭子的典故，辦案巡察覺得紙亭做得精緻好看，想要送給他家裡快成年的小孩當作禮物。」

豐叔聞言，眼神頓時不禁興奮了起來。

6.

難醫是難醫。

日本醫生雖然不認為女孩的病能夠醫好，但還是給了阿米一個機會。像是含著滷蛋般說話，醫生解釋說有一種給女孩治病的醫療方法。

阿米雖然不識日文，但也大概聽得懂也說得出粗略基本的日語，但醫生的話卻讓她聽得一頭霧水。

但最重要的是，阿米聽得懂醫生說，他可以讓小女孩的病情減輕，雖無法完全治癒，卻能夠減輕病人的疼痛。

只不過藥錢不便宜，而且吃藥的時間也必須持續不間斷。

阿米向醫生保證，錢的事情不是問題，只要能讓阿春醫好病，她什麼都願意做。

為了讓女孩的病情減輕，阿米早晚都在豆腐舖裡磨黃豆，在水蒸氣四溢的漿房裡淌著汗水燒火榨漿，甚至主動拿著扁擔挑豆腐到大街小巷上叫賣。

為防港口猛烈風沙，戴著斗笠的阿米將黑布蒙上臉，只露出眼睛，並且將扁擔上的豆腐櫃披覆一層白布。

因為在街上挑東西做生意的叫賣商，大多都是年輕力壯的年輕小夥子，突然出現了一位挑著豆腐叫賣的蒙面女子，也讓路人十分驚訝。在新鮮感的驅使下，一些男子也會嘻嘻笑笑地向阿米招手，買豆腐只是其次，最重要的還是想看看黑布下阿米的長相。

等到阿米放下豆腐擔，掀開臉上布紗後，男子們通常應和了幾句，便作鳥獸散。畢竟阿米是個年近半百、姿色也不復青春的女子。

儘管如此，能幹的阿米卻十分擅長招呼街巷的婦人，因為同為女子，婦人們也很樂意捧場，阿米總是可以賣光所有挑出去的豆腐。

但是，總有更多的困境阻擋在阿米眼前。

不久，豆腐鋪因為經營不善而虧損連連，老闆深思熟慮之下便決意將鋪子關門，因此阿米也失去了收入頗豐的賺錢門路。

老闆儘管清楚阿米進退無門的生活窘境，卻也無能為力。他嘆了一口氣，從鋪子裡的五斗櫃裡拿出比平常還要多的薪水，交給阿米。

她卻只將自己應得的錢數收進背袋中，其餘的錢還給了老闆，說什麼也不肯多拿。阿米不願意占老闆便宜。

此後，離開豆腐鋪的阿米開始從事各式各樣的工作，例如替附近港街上的燈籠鋪編織一些燈籠骨架，替鞋店製作草鞋，或是自己編織竹筐竹簍拿到街上去賣，並且還將養了幾年多的雞鴨鵝拿去市場賣掉。

——人有兩腳，錢卻有百雙腳，若想追，也追不著……

阿米這時才理解以前阿母彎著腰餵雞時，講這句話的心情。

現在她所賺的錢，實在無法完全應付女孩醫病的費用。

以前一個人過活時，只要碗中有冷冷的番薯塊，也能輕輕鬆鬆地活到明天。

但女孩的到來，以及女孩染病的事實，開始讓阿米的肩頭感受到無比的壓力。

女孩是阿米新生命的希望，而這希望卻帶來了另一種絕望。

活著的絕望。

但阿米從來不願這樣想。

不過，也就是這種「不願」構成了悲哀。

——就算是讓阿春多活一天也好啊，若是可以，先將咳嗽的毛病治好，其他的症頭，再看看老天爺的意思吧。

阿米對著日本醫生說話的時候，總是一再鞠躬。

因為她知道自己真的已經老了，真的老了，就算明日突然雙腿一蹬呼吸停止而死，都是極有可能發生的事情。

就是因為這種自知之明，所以她知道自己一旦放棄了女孩，女孩唯一能面對的命運，可能將比地震那晚的夜色還要黑暗。

她希望能繼續養她，繼續陪伴著她。

這時，她才感到後悔，後悔當初豆腐舖的老闆想塞錢給她，卻被她給拒絕。就算老闆手中遞來的只是小小數目的零錢，但對於生病的阿春而言，卻是能繼續就醫的希望。

但後悔又能如何？人只能往前看。

所以阿米努力工作，廢寢忘食地尋找各種適合自己身體負荷的賺錢機會。而製作七娘媽亭，也是她在燈籠舖的介紹下，應接下來的工作。

在昏暗的燭光中，一座美麗紅豔的七娘媽亭終於逐漸成型，在這座用竹條與彩紙所糊貼成的三層紙亭中，由上而下的紙牌匾上分別寫著「蓬萊亭」、「百子亭」、「七媽殿」。按照塗角窟庄頭當地習俗，這座七娘媽亭是專門給剛滿十六歲的孩子「做十六歲」祭拜七娘媽之用。

她並不識字，紙牌上的字詞，是她依照他人供奉的七娘媽亭樣式照樣畫下。那些字體就像是符咒般曲折，阿米用蘆葦桿沾墨謄寫時，總覺得寫這些字，就像是對著廟中神像誦念著「阿彌陀佛」般奇妙，儘管不知其義，敬畏的心卻彷彿被庇佑了，感到很安心。

那些字就代表了七娘媽無遠弗屆的庇佑與祝福。

阿米用雙手捧著完工的紙亭左右觀賞，覺得自己所做的紙亭真是無比華麗，足以令人讚歎驚訝。

紙亭上七彩鮮豔栩栩如生的宮殿模樣，是她費了三、四天所繪上，每次交貨給需要的人家時，對方總是嘖嘖稱奇，畢竟作工與色彩比普通的紙亭還要精細美麗。其他製作七娘媽亭的人，通常只是用幾筆紅綠顏色繪上紙亭，但阿米的紙亭除了紅綠兩色之外，還有藍、白、青等色的搭配，所以讓小巧的紙亭顯得更加豐富壯觀。

阿米常常在想，能拿到這美麗紙亭的十六歲孩子，會覺得她所做的紙亭美麗嗎？而她也在心中默默問著：我的阿春，是否能活到可以祭拜七娘媽的年歲？

不過，當她一想到紙亭只要被十六歲的孩子祭拜過後，就要丟擲到金爐裡的火堆燒掉，她就忍不住一陣感嘆。

似乎很多東西，被製作出來的目的，就只是為了被毀滅。

不論如何反駁，這種由誕生邁向毀棄的過程，彷彿是世間唯一不變的真理。

不管製作過程是多麼的用心與努力，從阿米手中送出去的美麗紙亭，如今都成為了一堆堆黑色的灰燼。

雖然紙亭被燃燬的命運早已注定，但在阿米的心中，她並不願相信這個事實。

她只願意相信手中的七娘媽亭，現在還在她的手中。

7.

「其實，這一點也不算是什麼有用的線索。畢竟這兩戶人家裡，都有一個查甫囝仔剛好滿十六歲，你想想看，七月初七，就是『做十六歲』的時候。這個時候，厝內若有囝仔十六歲了，都會準備七娘媽亭來感謝七娘媽的保庇。剛好木材行和茶鋪裡，都有一個滿十六歲的囝仔，所以有七娘媽亭，不奇怪啦。」

羅金搖著頭，並不認為這是個重要的線索。

晚風清涼，豐叔若有所思，用手搔抓著下巴黑黲黲的長鬍鬚。

「保正伯……我跟你說我的想法，你可別取笑我。」豐叔突然露齒笑了笑，「畢竟，我的想法太古怪，我自己也沒自信。」

「啊？」

「先不講這七娘媽亭的來源，其實，我一直在想，犯人到底從哪裡拿到火銃？」

「這就是大難題了，現在所有槍枝彈砲都在日本人嚴格管制之下，普通人根本沒辦法拿到火銃。但是，就算怎樣查，卻也查不出什麼有用的線索。」

豐叔繼續開口說道。

「日本警察循著火銃的線索去查，當然會徒勞無功。」

「為什麼？」
「保正伯，你說過，今仔日港街的中藥鋪夫妻吵鬧，做妻子的喊說要砍死丈夫？」
「是呀，怎麼回事？」羅金對於豐叔突然轉變方向的話題感到莫名其妙。
「結果，奪走她手裡的刀子之後，才發現只是一柄鐵秤桿而已。為什麼港街上的眾人會認為她手裡拿的是刀子呢？」
「因為她自己嘴裡講的呀，她說與其看到自己丈夫沒路用，不如拿刀子砍死。」
「沒錯，就是這樣。」
「怎麼回事？」羅金丈二金剛摸不著頭緒。
「該不會那把火銃是偽造的吧？只是拿來嚇唬人用的，就像是中藥行的老闆娘一樣，每次鬧事也都是鬧假的，這次甚至假裝拿刀子要砍人，其實，只是想要嚇嚇對方。」
「嗯……這有可能……」
「在黑鴉鴉的夜晚裡，誰也沒辦法看到那是真槍還是假槍。」
「只不過，有誰會把火銃假造得這樣相像？」
雙手環胸的羅金兀自思考著問題的解答。
「保正伯，你忘記一件事情了，就是七娘媽亭呀！」
「啊？」

「你忘了嗎？紙亭就是用竹子和繪紙作成的，如果說做紙亭的人想用這些材料，做出一把假造的火銃，應該也不是困難吧？對於手藝精巧的人而言，這是十分簡單的事情。」

「這……這太胡鬧了！憑著一把用彩紙糊成的假火銃，就能威脅他人，並且取走鉅款？」羅金搖搖頭，不敢置信，認為豐叔的推理毫無道理。

「有時候，最簡單的方法，往往最有效。」

「但是……」

「只要晚上天一黑，蒙著面，將手上的假火銃舉起，原本偽作得十分相像的假槍，根本不會被人發覺是假的。」

「照你這樣說……犯人，該不會就是承辦受害者家庭製作紙亭的人……」

「很有可能喔！然後，犯人利用運送紙亭的機會，也順便打量被害者家中的情況與放置錢財的可能位置。嘿嘿，保正伯，你若覺得我的想法不錯，就替我把這個意見提供給警署的人，搞不好就會抓到犯人呢。」豐叔打趣地說著，他雖然自認有理，但彷彿也不是十分信服自己的推想。

「不過，就算你的推想有道理，但犯下搶案的人，還是十分奇怪，為什麼只挑七月初七的日子來作案？」

「……唉，你問倒我了，我也不知道。大概，是有怪癖的人吧。」豐叔搔搔腦袋，兩手一攤。

雖然對於豐叔的推論，羅金半信半疑，畢竟這些想法只不過是豐叔毫無根據的猜測而已，竟然有人會拿著一把玩具般的假火銃，成功搶劫了大筆金錢？但是這猜想，也不失為一條可以追查的線索，或許，可以提供給警署的人當作案情參考。

今日就是七月初七了，犯人極有可能在今天行動。

既然有了新想法，或許，也能與警署的人商討一番，先追查庄內承包製作七娘媽亭的店鋪。

就算豐叔的推想錯誤也無妨，畢竟，協助警察維護庄頭的秩序，本就是保正的職責所在。

他一口將糕餅嚥下，便向豐叔告辭。羅金想趕到警署，向日本人提供線索。

拾起斗笠，羅金眼看天色已晚，便急急忙忙朝警察支署的方向前進。

夜晚的月色中，快步疾行的羅金突然覺得自己應該也是個有怪癖的人。

明明不屬於自己的事情，還偏偏要插手，真的是吃飽了沒事做。

也許是自己想要替受害者討一個公道吧，才讓他想要快點抓到犯人，快點讓港街上的親戚鄉鄰能夠擁有和平安穩的生活。

但羅金心裡明白，這些冠冕堂皇的理由畢竟都只是藉口。

過於安穩的生活，已經快讓他覺得自己不再擁有價值，在家中只是逐漸成為一個可有可無的裝飾品而已。

他在自己的房中角落整齊疊放一個發黃的舊米袋，米袋上還有紅色的漬跡沒有消散，那是他在年輕時賭贏賽跑時所揹的米袋，他特意留下來當作紀念。

但那米袋老早就被老鼠咬破了好幾個大孔，早就無法裝任何東西了。

這米袋唯一的功能，只剩下緬懷的意涵。

二十多歲、精通生意商法的兒子已是米穀店舖裡掌實權的大老闆。

照理說，羅金應該對兒子的成就感到欣慰。

但他卻一點也高興不起來。

因為他需要一些可以讓他堂堂正正活下去的理由。雖然他已經老了，但老了並不代表自己失去了價值。

所以他行色匆匆地往前方而行。

他希望自己在港街地方熱心助人的行為，能夠換來自我價值的肯定。

若能幫警署抓捕到搶劫案的犯人，想必港街上的商家也會感激他的幫忙，尊敬地喊他一聲「保正伯」。

他多麼地希望能夠聽到這一句稱呼，這句稱呼遠比任何讚賞還要美妙。

就像是去年幫滿臉鬍渣、愁眉苦臉的豐叔解決問題時，豐叔臉上出現的那種對他感激萬分的神情。

雖然對於豐叔而言，那只是自然流露的感謝之意，但對於羅金而言，卻是無比重要的回報。

啊，那種神情，只要能夠再看一次，也足以令他擁有好幾個夜晚的美夢。

8.

阿米溫柔地拿起甫完成的紙亭作品，將一支用黑色糊紙與竹片精心黏合繪製成的假火銃放進紙亭空隙，也把床頭旁為女孩求來的鎖片塞進自己衣袖，並將方才點亮的小蠟燭放入紅色的燈籠中。燭光從破裂的燈籠皮往外映照，照紅了床上熟睡的小小臉孔。

請保庇我吧，七娘媽，祢應該知道我的苦衷，請祢原諒我的行為……

阿米帶著愧歉的眼神望著床上熟睡的女孩。

而妳會原諒我嗎，阿春？

阿母這樣做，是不是很不好呢？

威脅人，向人搶走錢財，阿母也知道這是很壞的事情，可是若不這樣作，阿母現在賺的錢，根本沒法子帶妳看醫生。

妳會痛嗎，阿春？

病魔就像是臭蟲一樣，在妳的身軀上亂爬。

再忍一下吧，阿母拿到錢以後，一定會叫醫生把妳身軀上的臭蟲都拿掉。

很抱歉……現在阿母要暫時離開妳的身邊。

阿母等一下就回來。

對了，阿春。

妳知曉今仔日，是什麼日子嗎？

沒錯，就是七月初七，也是為七娘媽慶祝的時節。

如果阿母在今仔日作出什麼糟糕醜陋的事情，應該會被七娘媽原諒吧？

因為七娘媽會保佑幼小的囝仔，祂是天底下所有囝仔的守護神。

而阿春是一個很可憐的囝仔……

今仔日屬於七娘媽的日子，所以說，也是屬於所有囝仔平安長大的日子。

因此在今日，妳不會再感到孤單囉。

因為阿春妳和我，都同樣是七娘媽收養的契查某囝仔。

妳放心啦，阿母不會發生什麼壞事情。

任何糟糕的壞事情，都不會在今仔日發生。

今仔日，是最好運的日子。

阿春妳等一下喔，我馬上回來。

不要擔心，要乖乖睡，要做一個乖囝仔喔。

離開郊區老舊茅屋的阿米，提著破舊的燈籠與黑布包裹住的七娘媽亭，默默往塗角窟港街的方向走去。

昏黃的碼頭路燈將暗夜的港口街道映照得格外溫暖，阿米抬頭往上瞇望著朦朦朧朧的瓦斯燈暈。

碼頭磚石棧道上灰、紅色磚石所排列成的八字型，看起來彷彿正迎接著路人一樣。是呀，就像是張開雙手擁抱著每一個人，不分男女老少貧富貴賤，不論在悶熱的白晝或是寂暗的深夜，碼頭上排列成雙手形狀的磚石，永遠都平等迎接著每個期待彼岸的人。

阿米每次攢眉蹙鼻，拖著腰酸背痛的身軀經過這座碼頭時，只要這樣想，緊張不安的心頭總會舒坦許多。畢竟，只要走，只要往前走，總會有出路。

所以她往前走，不管在彼岸等待她的未來是什麼模樣。

她只知道，只有往前，她才能在腳步聲中，聽見自己的心跳。

9

七月七的夜晚，在月色染白的大肚溪海口，有一座孤獨的碼頭，碼頭棧道上兩位逆道而行的陌生人，正各自忖想著心事。他們過分專心，專心到都忘了注意方才擦肩而過的路人彼此的存在。對他們而言，夜裡颼颼呼叫的冷風與海口上潺潺低語的流水，都在催促著他們前進。

逆向的兩人，彷彿都正在向前追逐，追逐著方才流星墜落的方向。

磚石棧道上的燈火在雙方交會的一剎那，亮醒了兩人疲憊的臉龐。

只有行走的人才能忘記寂寞的滋味。

而在塗角窟庄郊外的某處破舊茅屋裡，有個小女孩在星月的陪伴中進入了香甜的夢鄉。

七月七之夜，傳說在這個被祝福的日子裡，所有孤單的人將永遠遺忘孤單的哀傷。

蛇郎君

水中有蛇，皆長數丈，遍身花色。尾有梢向上，如花瓣，六七出，紅而尖，觸之即死。舟過溝，水多腥臭氣，蓋毒氣所蒸也。

——王禮《臺灣縣志》

1.

滂沱落雨，已然十幾日不止不歇。

宛如針錐直刺，冷風挾著冰雨穿透過斗笠裂縫直撲趙荻的臉龐，水氣迷霧一片模糊，難以辨識前路，他忍不住眨了眨眼，倏爾打了個噴嚏。

跨越大肚山徑，下了龍目井庄之後便抵達塗角窟。

一路風瀟雨晦，趙荻途中甚至跌了跤滑入溪河中差點沒頂，幸虧及時將扛著的竹編箱篋甩丟上岸，奮踩著河床淤泥爬出渠道。渾身溼漉漉的趙荻聞著空氣中傳來的爛泥腥臭氣味，幾近作噁想嘔吐。他連忙披整好蓑衣上襬，兩隻手重新抓牢背上的竹篋箱繩，在擂鼓般隆動的疾風暴雨裡，他彷彿聽見百貨箱內的貨品喀啦喀啦撞碰竹籠的敲擊聲。

——哎，若撞壞木梳子就糟了，要趕緊避避雨！

畢竟木梳是送人的禮物，必須要好好保護，小心不要碰壞了。

趙荻將衣衫上所沾的土紅色爛泥拍落，才轉身繼續趕路。大肚山土質屬紅土層，因富含鐵質而風化成紅褐色，每當他往來山頭之間，褲腳也總是沾滿難以用清水洗淨的赤紅泥濘。

來到港街上，叉路口一條通往河港碼頭，另一條則連接市集，趙荻逕直往市井方向匆匆疾行。雖才薄暮時分，平日摩肩接踵的港區鬧市，此刻竟蕭條無人，沿巷所經的米穀鋪、青草店、布行、中藥行、染坊……皆關門停業，冷冷清清分外詭怪，連向來人聲鼎沸、一席難求的蔘茶洋樓也關緊大門，呼呼風嘯將木格子門拍打得砰然作響。

看來彷如末日洪災的傾盆大雨，著實讓港街商家們傷透腦筋，索性閉上門扉打烊躲雨，整條街家家閉戶幽闇冥濛。

這條港街通市趙荻走踏過無數回了，卻是頭一次瞧見空蕩蕩、毫無人影的灰暗街巷，經常上門的老麵店也門板緊閉，就算敲了門想請熟識的老闆娘賣他些許食物止飢，也無人應答。街頭上甚至流浪貓犬等畜生也不見蹤跡，豆大雨滴震得兩排街屋瓦片乒乓轟隆，更襯顯港街寂寥荒蕪的氛圍，彷彿被拋棄的廢墟一樣，陰陰暗暗的街道上，趙荻縮起蓑衣下的雙手，起了雞皮疙瘩。

——呸，真是晦氣十足。

趙荻皺眉低聲咕噥了幾句，後悔在這種惡劣天氣下仍奔波跋涉。他一路彎過巷弄踏上青石磚道，毗鄰港街大道的警察支署與電報郵便所雖門扇緊闔，大雨中支署的杉木窗櫺卻透散著瓦斯燈特有的稀微黃暈，他不禁鬆了一口氣。

想必八字鬍的小林事務官正在署內悠閒沏茶，興許正挑眉磨墨練毛筆字吧。公事之餘，小林唯一嗜好便是學習漢字書法，數月前，也曾託從事喊賣雜細什貨的趙荻，採購從港口進貨的高級紙絹來習字。

但詫異的是，連鄰壁的郵便局也大門深鎖。正因風馳雨驟交通往來不易，以進出口貿易為主的港街，理應更加依賴電報郵件發送聯絡商務才對，作為塗角窟港重要溝通樞紐，怎會停止營業？抑或連日霪雨，也沖毀了當作郵務路線的輕便鐵道[43]？若確實如此，這場雨災還真是麻煩透頂。

趙荻斜睨郵便局木窗，無暇細思，眼一沉，便繼續低首冒雨趕路。

算算時間，日人領臺也已十數年之久了，塗角窟港作為臺中州米貨運輸唯一大港，卻越來越不受重視，想當年日人初至此地便積極開發，設立警署、稅關所、鹽務局、樟腦局……等機關，但近年卻無預警裁撤了大半。趙荻揣測，約略是因港口日漸淤塞、又不利大型汽船貨輪駛入，處於通航漸稀的狀況下，在凡事皆以利益價值為衡量天平的日人眼裡，將塗角窟港的發展先擱置一旁才是最佳的治理方針吧。雖然塗角窟的船貿逐漸荒廢，但趙荻的營生方式卻沒有受太多影響。

趙荻是一名貨郎，一名遊走街頭喊玲瓏、賣雜細的百貨商販。

43 輕便鐵道：又稱輕便線、人車軌道、手押軌道，動力來自於人力推押車上的制動器，而軌道車輛也稱輕便臺車、輕便車。

背上箱籠行當裡的「雜細」包含各類日常生活用品，沿街吆喝，也接受老顧客訂貨或尋搜品件，尤其像針線女紅、胭脂澎粉、鈕扣梳鏡……等等婦家用物無一不包，他款式多樣的商品和童叟無欺的服務態度，向來深受各庄頭女子好評，俊挺外貌加上幽默性格，更讓他在這走跳行業裡如魚得水。每當他喊著「玲玲瓏瓏喊玲瓏，胭脂水粉和碰紗，來呦來看喊玲瓏賣什細！」，同時也從懷裡掏出一把稱作「波浪鼓」的木柄小鼓，搖動鼓框綁繫的紅木珠發出鋃鐺響音時，大街小巷的婦女便知雜細郎來了，紛紛盈笑出門光顧。

但是，在這種惡劣天氣下就算拚了命搖鼓吆喝，恐怕叫賣聲也會被嘩啦嘩啦的大雨聲所淹沒吧，趙荻不禁搖頭苦笑，更糟的是，雨日濃重水氣恐怕會溼壞箱中尚未售出的上等胭脂粉與百花蜜釀成的糖膏。

——算了，沒關係，淋溼就淋溼罷，反正不差這一趟買賣，就算整籠貨都泡湯了，也無妨，今仔日只要一切順利……

趙荻心頭兀自想像，嘴角輕揚，心情也不禁舒緩輕鬆不少。

從碼頭大街往前走，青石磚路盡頭便是從事海運貿易船頭行的魏家大宅，迥異於其他小商鋪閉戶熄燈的陰沉，魏宅朱漆大門前懸掛了兩盞橘紅大宮燈，在昏天暗地、大雨如瀉的港街上猶如光明的指引；他瞬間如釋重負，繞道宅院旁的側門，趨前輕聲叩門。

瀝瀝冷雨愈下愈猛烈，雷鳴頻頻，雖然蓑衣斗笠覆體，但方才落水後的溼淋感始終讓趙荻隱隱頭疼眼昏。

得快點躲躲雨才行。

魏家主人魏德田是他的老主顧了，這半年多來，穿梭在大肚山東西庄頭販賣的商貨，泰半都是經由魏家經營的「芝蘭記」船頭行批貨而來，魏德田也頗賞識趙荻的商業頭腦和伶俐口齒。「芝蘭記」是一間專營海運貿易的船頭行，旗下更擁有二十多艘越洋船隻，可說是塗角窟港首屈一指的富商。

一個月前，趙荻才從魏家的「芝蘭記」批補了貨，循著牛車大道跨過大肚山車米崙往臺中盆地而去，沿庄叫賣商貨，如今才又返轉塗角窟。

沒想到竟遇上百年難得一見的狂風驟雨，真是太不走運了。

正想詈罵幾聲，沒想到側門戛然一開。

——咦？

來人居然不是原先約定好的對象，反而是另一名妙齡女子正對趙荻欣悅叫喚，他不禁神色一愣。

「噯——阿荻，你來啦！」

女子撐著傘，傘緣下半遮的面色暈紅，語調清亮地招呼趙荻。

儘管詫異開門者的身分，他舵隨風轉，仍溫和有禮地向女子答話。

「大小姐，多日不見，真失禮，又來打擾了！這大雨下得實在猛烈，不知道是否能暫時借個屋簷避避雨？」

「別這麼客氣，來來，快入來，這麼大的雨天還在外面叫賣，阿荻真是辛苦了……看看你，全身都溼透了！待會兒入屋，我拾幾件宅中男工的衫褲給你替換。」

「這……大小姐，免麻煩啦……」

「沒關係喔，快入來。」

「既然如此，多謝大小姐了。」不知是不是在雨中奔走過久的疲勞錯覺，趙荻萬分驚訝女子異於平常的熱絡。

他總以為她個性一向溫呑含蓄，與她天性活潑外放的妹妹相比，格外內斂低調，甚至有時沉默得不近人情。猶記得第一次相見，她向前來船頭行兜售貨品的趙荻買五彩文線時，她只將銅幣擱在地攤上的貨架，便逕自取走商品，就算趙荻在一旁鼓譟講笑，女子卻仍是一聲不吭，連正眼也不瞧他。

「其實，你可以叫我的名字金露就好了。」眼前的女子細聲說道。

魏家掌上明珠有二，名喚金露的女子正是大女兒。她撐著油紙傘趨近趙荻，似乎想替他撐傘擋雨，但眼眸一低又停步轉頭，只領趙荻往魏宅廳廊前去。

趙荻頷首致謝，便隨女子徐行腳步穿越空曠的前庭。

魏家經營船務的「芝蘭記」格局是長條形街屋，前庭素來用作疊置船貨，看來因下雨緣故而將船貨都搬進了底屋倉庫吧，空廓無物的庭院在迷茫雨霧中顯得甚是寂寥空虛。

「這幾天雨下不停，阿爹總在屋裡悶得慌，若看到你來拜訪，一定很歡喜。」

「就怕魏老爺嫌麻煩囉，下雨天還得要費神來招待我。」趙荻打趣地說。

「阿爹方進了一批安溪新茶，肯定會拉著你一同品茶喔！你一個月沒回塗角窟叫賣，阿爹還以為你遇上什麼困難，我也是，擔心你一去不返……」說著說著，她語氣越顯急促，彷彿有什麼特殊的心情按捺不住。

「呵呵，金露小姐，免擔心，雖然街上討生活辛勞，但慣習了就不苦啦，真是多謝，多謝妳替我煩惱。」面對態度丕轉的金露，趙荻總感覺說話特別彆扭尷尬。

究竟怎麼回事？自從這場雨沒日沒夜的降臨之後，總感到渾身不對勁，雨水中的風景彷彿都扭曲幻變得毫不真實。難道，她察覺什麼端倪了嗎？是不是從誰的閒言閒語中，聽到什麼對自己不利的風聲？若真如此，真是大大不妙。

「……對了，我都聽說了，阿荻，這次你來，其實是有要緊事，是不是？」

「妳……聽說什麼了嗎？」趙荻一時語塞。

「我聽蓮妹說的。」

「原來如此……蓮妹小姐也真是愛亂講話，嗯，妳都聽她說些什麼？」

「詳情，我也不知，你也知道我小妹性子，話憋著就難受，只是……只是聽她講，你們兩人的關係……這是真的嗎？還是小妹騙我？」

不需要緊張慌亂，不能自亂陣腳，原來金露的異常只是因為蓮妹太過多嘴。

趙荻恍然大悟。

蓮妹已經跟金露提起兩人關係，難怪金露今晚的神情莫名高亢。

真是糟糕，明明謹慎告誡過蓮妹，絕不能跟任何人透露……不過，看來金露尚未察覺他的真正意圖，趙荻放心似地微微一笑。

「其實，蓮妹小姐可能誤會了。」

「誤會什麼？」

「他一直以為我會向她提親，但我區區一名街頭打滾的貨郎，憑什麼攀龍附鳳呢？我來，就是想與她說明清楚。」

金露停下腳步，一言不發。

趙荻隨之停步，雨水滴滴敲落頂上的斗笠，響著如玉碎般的聲調，花紅的油紙傘遮住女子的上半身。他不明所以，正想提聲發問時，金露霎時回頭。

眼前撐傘女子竟粲然一笑。

「果然跟我猜想的同款呢，蓮妹自幼就是這樣，太過衝動了，我要好好訓訓她才可以。」

「大小姐也別太嚴厲，她還小不懂事。那麼，蓮妹在哪裡呢？我想當面好好跟她解釋……」

「別急別急，阿荻，外頭雨大，我先領你入廳房啦。」

趙荻儘管認為事情仍在自己掌握之中，但心頭卻驀然忐忑不安。

剛剛金露一轉頭，他才得以覷見她完整的容顏。

傘下的臉龐蒼白得奇異，儘管在笑，雞蛋面般的兩頰卻看不見一絲血色，只因敷粉施朱，塗上了層厚厚的豔麗水粉，額間還抹了點紅胭脂。

望著雨中盛裝打扮前來迎門的金露，頓時讓趙荻不禁屏息咋舌。

2.

趙荻最初來到魏宅，說穿了，是為了詐財。

作為招搖撞騙的愛情騙徒，趙荻可說手段高竿技術熟練，每次全身而退後，總能撈到一大袋錢財。沿街喊賣百貨的雜細郎身分，十分便利他在各庄頭物色對象，許多宅院夫人雖足不出戶大門不邁，但總喜愛招呼街上喊玲瓏賣雜細的小商販進門兜售新奇貨品，趙荻便善用此時機瞄準獵物。

他看中的對象通常是涉世未深、天真單純的富家少女，女孩久居深苑，人情義理皆不通達，這時只須一點點甜言蜜語，一點點溫情關懷，大凡被盯上的對象都難以逃脫他的五指山，熟諳女性心理的趙荻總能將女孩們迷耍得團團轉。

只要小魚兒上鉤了，就能用小魚拿來釣更大尾的魚。

——身為卑下的賣雜細，咱們不會被允許，不如……妳逃家，跟了我吧，只是……我囊袋無錢，恐怕以後的日子會很勞苦……

與女孩私下交往之際，趙荻很安分地從不主動提金錢之事，等到時機成熟，他便慫恿女孩與他私奔出逃，這時他便稍加暗示對方，為了未來兩人生活，需款孔急。此刻，就算不告訴女子如何做，對方也會極盡所能掏出令人瞠目而視的錢財，不論是從父親的書房暗櫃取來白花花的銀鈔銅幣，抑或在母親五斗櫃夾層裡摸走珠璧玉鐲……只要錢財進了趙荻口袋，他便趁機溜走，當苦等多日的女子總算幡然醒悟，他早已人影杳然，不知去向。

詭計不用複雜，不須多曲折，愈直接簡潔的伎倆，愈是有效。

深識人性的趙荻狡猾詭詐，揪住了這點道理便行騙各地，賣雜細所賺只是蠅頭小利，從女人身上搖錢撈財才是他的營生正業。

大多時候，被騙的女子就算含冤後悔，礙於婦道顏面也不會主動告知他人被騙情事。

就算女子本身性格猛烈剛硬，欲請家人通報官署，也是徒然，畢竟趙荻行蹤不定，拘拿本屬難事，再加上女子當初是心甘情願奉獻財物，趙荻非偷非搶，又該定以何罪？

如蛇一般，一旦攫獲了獵物，便緊纏不放，直至一口吞下。

儘管如此，為了防止日後被女子反撲緊咬，趙荻每至新地區拐騙女子前，總會先與當地日本官吏打通關卡，只要一嗅聞到情勢不利，便斷尾求生拔足逃匿，如此一來，想要將趙荻定罪，更是難上加難。

一次又一次辜負了女子的情意，趙荻很能準確猜知被騙對象接下來面對的結局。

宅中失竊之事肯定東窗事發，被騙女子哭泣著臉，抽噎講明事件始末之後，只剩兩條路能選；臉面上蒙羞的家人不願家醜外揚，必會盡快託請媒人談婚，想盡早嫁掉這不中用的愚蠢女兒，另一條路則慘烈許多，自縊、投河、或吞服毒丸，只是了斷生命的不同形式罷了。趙荻很明白，已經有許多女子為了他而走上這條不歸路，他甚感抱歉，但也無可奈何，只能在遠方祈禱女子自求多福。

這回，被他看上眼的，是塗角窟的富商魏家女兒。

半年前他初至港街，被魏家老夫人請進「芝蘭記」船頭行的廳屋裡展售百貨雜細時，便一眼認定財力雄厚的魏家足堪作為淘金寶地。

魏德田夫妻老來得子，大女兒金露與二女兒蓮妹極受寵愛疼惜，但姊妹個性卻天差地遠南轅北轍，金露外貌雖然俏麗出眾，但個性卻內向寡言，就算是話術了得的趙荻也頗感棘手，而蓮妹雖然面容平庸略遜其姊，但開朗易親近的單純特質，則很適宜趙荻下手。

觀察了一陣子之後，他便拿定主意將蓮妹當作目標，但同時他也沒有冷落金露，相反地，他反而與她更加殷勤交際。

根據經驗，雖然被騙女子與趙荻初期來往時，總是無法即刻識破他之不軌企圖，但女子身邊姊妹或好友畢竟旁觀眼清，很容易抓住趙荻的小辮子，轉而警告仍深陷於愛情迷夢的受騙者。以往趙荻常因不懂此理，而吃了幾次悶頭虧，後來學乖了，對下手目標灌迷湯時，總會先行預防，要求對方將兩人關係守口如瓶不可洩漏，但萬一女子仍然口無遮攔藏不住祕密，趙荻審度情勢，會先與女子周邊的姊妹或鄰居親友們打好良善關係，就算屆時紙包不住火，也可以多增加一道緩衝，讓他及早從目標處騙走錢財，隨後只要轉身溜逃而去，便無後顧之憂了。

趙荻當初為了增加接近蓮妹的機會，更刻意結識魏宅的一名小僮，她名喚阿芝，一向是蓮妹的貼身女鬟。他對阿芝費盡心血地討好迎合，自從送了她一把小巧玲瓏的竹柄梳鏡後，她才點頭答應替趙荻傳話給蓮妹，經由阿芝，兩人才得以暗通款曲不被察覺。

對於塗角窟魏家的詐騙策畫進展順利，讓趙荻心花怒放。

這幾個月來，總算和支署裡的事務官搭上了線，從小林的嘴裡套出了不少關於魏宅的家產資訊，雖然少不了所費不貲的送禮投錢，但事前的投資總要捨得花，若能事成，之後的報酬甚至可以幾年不愁吃穿。

魏家掌管塗角窟全港的船運銷貨，日進斗金，累積數代藏放於櫃房裡的財富肯定非同凡響，瑪瑙、玉器、珍珠……等等錢財寶物，絕非以往趙荻從普通富家女身上拐騙的小錢可以比擬。他抿抿嘴唇，吞著口水，這一票肯定能削走平生罕見的巨額錢財，只要順勢得手，可能往後再也不需要鎮日揹著貨架，在烈日下汗涔涔地沿街吆喝，也不需要費力思考如何拐詐錢財。

苦盡甘來，宿雨餐風的流浪日子總算能告一段落了，以後就找個正正當當的事業來做吧！甚至……他開始盤算起，這一次，不如不再欺騙對方。

當他對蓮妹說出兩人私奔計畫時，他第一次突然有了不願說謊的念頭，第一次，他有了想實現這個願望的念頭。

當然，他並非對蓮妹動情，他只是感到倦怠罷了。

多年街頭漂蕩、拐騙營生的日子過久了，趙荻不免感到膩煩，若是金盆洗手後，娶妻生子的生活似乎也頗令他憧憬。

縱然是無根遊走四方的雜細貨郎，他心底深處也依稀冀望自己能安穩定下，若是能利用蓮妹暗度陳倉取走魏家錢財，想必便能永遠擺脫在外露宿浪跡的勞苦生涯。與蓮妹共度新生活的想像，似乎也不壞，畢竟，蓮妹個性溫柔順從，是一名適合做妻子的人選……趙荻春風滿面地著設想未來。

好吧，就這一次，不再欺騙對方了，他想帶著蓮妹一同私逃遠方。

一個月前，他在「芝蘭記」批貨完後，便跨越大肚山往臺中州城而去。在塗角窟收購的各式貨款，都是搭著汽輪從日本內地進口的新潮商品，不論是救急平安藥、胃散、防蟲粉，或是只有日本婦女才買得起的香粉面霜等等化妝保養品，在塗角窟港都能以批發低價購得。

臨行之際，正逢滿月，他與蓮妹約定下一個滿月時日，便是齊同私奔之刻。

蓮妹歡欣鼓舞地應允他，那天會祕密地從宅中庫房攜來足夠支撐兩人新生活的資金。

萬事俱備只欠東風，長久規畫總算將塵埃落定了。

回程塗角窟的路上，趙荻不禁喜孜孜地吹起口哨，一想到自己即將萬金入袋，未來的生活有所保障，便眉開眼笑。

如果不是這陣無端暴雨攪局，他真是恨不得日行千里直抵港街。這場連日驟雨，彷彿存心阻礙他的腳程，幸好他總算在約定的時間順利到達。

但事情並非如此順風順水。

門後出現金露的身影時，趙荻心慌意亂，差點露出馬腳。

他以為自己陰謀敗露。
當金露和善邀請他入屋躲雨時，趙荻惴惴之心稍才舒緩。
看來不需多慮，不需做賊心虛。
但，為何蓮妹在約定之時沒有出現，反而是金露前來迎接呢？
蓮妹究竟在哪裡？
難道她向金露吐露了私奔計畫？
不可能，依照趙荻方才向金露打探的口風，就算蓮妹遮不住嘴，透露兩人交往關係，蓮妹也應該沒有洩漏出兩人即將私逃之事。
她也不可能毀約後悔，即便兩人只相處短短數月，但趙荻有信心早已摸透她的性格，他斷定她不可能無故爽約。
更怪異的，是金露的現身。
首先，為何金露會來應門呢？當初之所以選擇側門作為幽會地點，只因蓮妹獨自使用的女眷閨房在魏宅二樓，偎靠宅院側門一隅，所以輕聲敲擊側門時，也只有蓮妹能迅速察知訪客來到，照理說，金露的女眷房在二樓另一側，很難清楚聽見側門動靜。
二來，金露那一身精心的打扮，是怎麼回事呢？
不管如何，他只希望待會見到蓮妹後，送給她一柄精心挑選過的木梳，暗中取走鉅款後便與對方相偕離去，快快離開這鬼地方。這條港街的濃重溼氣總是壓得他喘不過氣來，實在讓他頭昏腦悶，一刻也不想滯留。

3.

循著前方金露腳步，趙荻緩緩穿越大宅。

魏宅「芝蘭記」的建築格局屬泉州樣式，外型是四落大厝，可分為兩部分，前院用作船頭行業務門面工作之處，從側門迎面而入則是兩進式的門廳，屬於自宅生活場所。

穿堂走過前庭，內部三開間的中廳則是改建過的兩層樓洋式樓閣，石材木料極為精選講究，牆垣上用作浮雕裝飾的桂冠花草雕工也很細膩，極其氣派，中廳後方甚至有一座山水造景花園，當初趙荻便是詳細估量過魏宅建築，才斷定足以選作欺詐的目標。

金露腰間繫綴的香囊，在雨中若有似無地散發香氣，趙荻心中卻只是莫名奇妙揚升起焦躁浮慮的情緒，只想快點見到蓮妹，將事情辦妥。

沒想到，金露卻氣定神閒地請他在客廳稍坐，自顧自拿起桌几上的茶壺泡茶。他甚感尷尬，只好先脫去一身斗笠蓑衣，貨架也放置地上，隨金露入座。

金露在廳內點了幾盞油燈，燈罩外蠅蟲黑影飛舞。

兩人所在的客廳底屋，並不像一般厝屋直接設立神明廳，商家祭祀專用的關帝神龕另置於第一進的側房，另一側則是灶房，而第二進則是魏老爺專用的書帳房和寢臥，以及收藏魏家財物的幾間庫房。趙荻心下思量，不知道蓮妹是不是已經按照約定從庫房中取走財物了？

在通往第二進的空間中則設有樓井，木樓梯通往二樓，樓上的房間皆供女眷使用，蓮妹閨室也在此。

不知道是不是有人正在灶房炊火煮菜，他看到往灶房的廊道翩翩飄來細微裊裊的白煙。

「真是多謝金露小姐邀我進屋，否則一直在屋外淋大雨，真難受呀。」

「阿荻，現在入夜了，很晚，大雨又落不停，不如，你留宿一晚呢？」

金露凝望著窗外屋簷滴落的雨水，聽著滴滴答答的雨聲，她擔憂地向趙荻談起這幾天來毫不停歇的滂沱雨勢，並且提議趙荻可以在此留宿一夜。天色晚了，若硬要出門趕路，路上狂風豪雨難保不會發生意外，畢竟連接塗角窟港的大肚溪這幾年來降雨必淹，水患頻仍，小心防範總是安全。

進屋後金露收起了花紅的油紙傘，趙荻才看到金露盤髮的髮髻上插了朵乳白色的素馨花，香氣四溢。

金露覺察對方注意到自己的妝容，似乎害羞起來。她解釋，之所以特意化妝，是因今日正逢王母娘娘聖誕，鄰庄媽祖廟都會大舉焚香建醮祭祀，聘請歌仔戲班演戲酬神，本來期望今日只要雨一停，她就能偕同蓮妹一同出門觀戲，所以便先行粉妝一番。豈料整天雨勢仍是絲毫未歇，不得已，只能枯坐家中，蓮妹也成天在房中悶得發慌。

趙荻深知，每逢鄰庄廟埕有唱戲班底巡迴表演，塗角窟稍有地位的婦女都會盛裝出遊，請僕工子弟馭駕牛車前去觀戲。儘管金露如此解釋，趙荻心頭卻仍舊存疑。

「我……是不是很美呢？」金露娟然轉頭，輕輕撫著鬢間烏絲，「至於這花……方才在灶房忙進忙出，想煮火來泡燒茶，所以才從後花園採了朵花來插，讓你見笑了。」金露輕聲解釋。

趙荻說了幾句奉承讚美，逗得金露莞爾呵笑。

趙荻明白這是日常禮貌，傳說灶君喜聞花香，所以若要在灶房工作，總需簪花，否則將引來灶君責難，在女人圈子裡打滾久了，他對於這類微枝細節也有所領會。只是，他知曉魏宅底下有數名僕役女婢可以使喚，生火煮食之事從來經由他們負責照料處置，怎麼不見他們人影？

注視著桌几旁，金露略嫌笨拙的泡茶手藝，甚至忘了第一壺茶是醒茶，為了洗塵必須倒掉，趙荻在一旁忍不住出聲提醒。

「金露小姐，還真是勞煩妳了，這種事交代下面人就足夠了……不過，怎麼不見那名專門負責倒水沏茶的阿芝呢？」他裝作不經意地隨口問起。

「嗯，她呀，前陣子被阿爹辭退了。」金露心不在焉地回答。

「我看她手腳俐落，很能幹，被老爺辭退是怎麼回事？」阿芝一向是趙荻在魏宅的暗樁，雖然阿芝並不明白趙荻肚子裡打什麼惡劣主意，但在趙荻以小物利益的交換下，向來是他很有用的眼線。

「我也不知緣由。」金露沏好了茶，顯然對這話題不感興趣，將青瓷杯盅倒滿了冒著熱氣的清茶，便催促趙荻啜飲幾口。

「不過，魏老爺怎麼不見人影，這種落雨天，難不成還在外頭做事嗎？」方才被金露請進屋之後，他便十分驚怕，若意外遇上魏德田，只怕詐財之事將會漏餡，但礙於金露之邀，臨時找不到藉口，他也只能硬著頭皮入屋。幸虧進屋後，待了半晌，仍不見魏德田人影，總算讓他不再顧忌，放心許多。但為了保險起見，他仍謹慎一問。

「阿爹整日都在後頭的書帳房作帳，忙得很呢，你也知道，這一季的貨量又減少了，阿爹一直很煩惱，但是，我想以後情況會慢慢好轉……」金露飲著茶，雙手撫觸著茶杯杯緣，緩緩說道，「不過，阿爹很忙，恐怕還無法來與你打招呼。」

「不用不用，小的只是來躲雨而已，坐坐就走了，免麻煩趙老爺了。」

「……其實，阿荻，我想請你來『芝蘭記』做事，若你能來船頭行做事，阿爹一定會很高興。」

趙荻愕然一驚，金露為何想邀他來船頭行做事呢？

怎麼想都讓人感到訝異，難不成，是蓮妹跟金露提起什麼事情？

但是，就算怎麼說，也不會說成趙荻會來船頭行做事，他實在丈二金剛摸不著頭緒。

「金露小姐……妳，是不是誤會了？」趙荻戰戰兢兢地向對方詢問。

「難道不是這樣？你之前跟我講過，這幾年在外流浪久了，也累了，很想找個地方安定。」她眼神游移，瞟視著趙荻。

「沒錯啦……只是，這也要看時機……不過，怎麼沒見到蓮妹呢……」趙荻逐漸心生不耐，想要快點了結一切。

他煩躁地睇望樓井不遠處的木梯，梯上便是蓮妹的房間。

「……蓮妹一會兒就來了，別心急……不說她了，阿荻，先喝口茶暖暖身子。」

趙荻已然受不了金露避重就輕的敷衍。

金露的怪異態度，也許早就對他暗中進行的陰謀一目瞭然，他只能盡快打破僵局。

「這茶，好像不是安溪的新茶呢，大小姐不是說，魏老爺剛進了批新貨？不知道有沒有這口福好好品味呢？」

「瞧我，只顧著與你講話，都忘了好好招待你。」

金露一臉歉意回應，便頷首淡笑欠身而立，前去倉房取來前幾日從對岸閩省安溪進貨的新茶，「請稍待，我去去就回。」

趙荻一見金露轉身離開，便側身窺視步入廳房走廊的女子背影，等到確定她身影已消失在陰暗的廊道轉角，他才寬心許多。

要快點與蓮妹會面才行。

刻不容緩，趙荻悄悄踏入中堂，想經過中堂樓井，從木梯進入二樓蓮妹的房間。

通過樓井之時，他途經灶房，灶房門緊緊闔著，似乎裡頭正在燒水，幾縷熱氣微煙從格子窗裡緩緩浮卷而出，碰到房外的溼冷空氣，旋即消散而逝。

灶房裡似乎有人，幸好門扇緊閉，雨聲也掩蓋了趙荻的腳步聲，所以不用擔心被發現。

他低身閃避過灶房後，便直直往二樓而去。

二樓房間關緊了門，趙荻在窗邊輕聲叫應。

「蓮妹！蓮妹啊！」

無人回話。

聽金露話意，蓮妹應該整天在家，呼喊了幾聲怎會沒反應？

趙荻又再敲敲門，同樣是無聲無息。

廊外依然雨霾風障，雨水沿著屋簷流淌而下，瀟瀟淅淅，雨勢漸大，甚至濺溼了走廊上趙荻的後領衣襟。

不論如何，得快點找到蓮妹才行。

他不顧失禮，直接推開了門板。

門內一片灰灰暗暗，窗邊竹簾擋住了光，冷冽的潮溼空氣充溢著黑壓壓的空間。

沒有蓮妹的蹤影，他失望地顧盼四處。

看來蓮妹不在房間。真是糟糕，要是不快點與她會面，被魏德田或其他僕傭發現趙荻，恐怕屆時無法順利脫走。

敞開的房門外，彷彿傳來細微飄忽的嘶嘶響音。

似乎有人在外呼喚，但語音被大雨聲掩蓋成破碎的斷句，趙荻就算豎耳凝神傾聽也聽不明白。

該不會是金露在叫喚吧？這可不妙。

這時趙荻才見到房中地上拖了一條紅色的足跡，沿著門外迤延而去。

因為屋外走廊雨水猛烈，所以廊外的印子都被雨水沖散了，所以方才趙荻並沒有及時發現。

他惶然生畏，驟時有了不祥的預感。

趙荻匆匆跑下了木梯，似乎紅印子也在梯上有所殘留，雖然絕大部分因雨水刷洗而模糊不清。

究竟怎麼回事？趙荻下樓時感到頭痛欲裂，疾步的雙腳彷彿站不穩，差點從樓梯上滑倒。在風雨中似乎有聲音從遠方悠悠傳來，尖細而斷斷續續的聲音拂掠過他不寒而慄的心頭。

下樓之後，他察覺一旁灶房門板下緣，也有奇異的紅印，方才一心只顧著上樓，竟沒有發現，他低下頭瞇眼審視，門縫邊閃飛著黑色的蒼蠅。

他一推開門，頓時便嚇得魂飛魄散，渾身起顫，噁心欲嘔。

迎面襲來濃厚難受的腐臭味，灶腳邊燃燒的柴火炊煙籠罩下，灰石地板上橫躺了好幾具屍體，血跡斑斑，靠近門邊的是早已斷氣的阿芝與幾名男僕，致死原因大概是心窩處被人捅了好幾刀，汙血染黑了衣衫，似乎死去多時。在灶房桌上斜放了一把切菜的刀，刀鋒上沾滿黏稠暗紅的血水。

趙荻掩鼻往前跨過他們，最裡邊的屍體是一名穿著繡青棉衫的女子，同樣胸上一片烏黑血漬，但是唯一不同的是，她死狀比另兩人還要悽慘恐怖。

散亂的髮絲下，臉龐被尖刀剁砍得面目全非，血肉模糊，甚至有一耳不見。

女子屍體的另一耳的耳垂上有顆小黑痣，趙荻認出那是蓮妹特有的胎記。

「你看到了……」

還沒有轉身，他便嗅到若隱若現的香草味，在滿室酸腐臭氣中反而顯得突兀。他認出味道屬於金露腰間垂掛的香囊袋。

趙荻這時才茅塞頓開，金露腰間的香囊，還有髮上的簪花，以及點燃灶腳的炊煙，都是為了掩蓋屍體散發出的濃重屍臭味。

「……你都看到了，別怕哦。」

趙荻轉過身去，金露沉著臉面無表情，瞅瞪著蹲在地上檢視蓮妹屍體的趙荻。

僵持了一會兒，金露似乎想和緩氣氛，嘴角勉強微微一笑，說了幾句話，但因音量過小，他只聽得到她身後霎霎作響的落雨聲。

「妳……妳……」趙荻口齒打結，驚悚得說不出話來。

「不是我，不是我做的，全都是……都是蓮妹騙我。」

「蓮妹……騙妳？」趙荻頭昏眼花，呼吸急促，好不容易才穩定了心神，一邊講話，一邊朝門邊移動。

「她說、她說你要帶她走！」金露神情亢奮，一雙眼血絲滿布，話語癲狂，「但是，她騙我，跟你互相意愛的，不是我嗎，阿荻？」

「我……我不懂。」趙荻冷汗直流。

「我知道這些日子，你是為了我，才一直揹著貨架來港街叫賣，來找我……不過，小妹不懂事，還以為你對她有意思，甚至……甚至還以為你要帶她離開這裡……」講到一半，金露突然無來由地笑了起來，「哈哈……蓮妹真傻，你怎麼會帶她走呢？就算，就算要離開這裡，也是跟我一起，不是嗎？」

原來蓮妹最終還是說溜了嘴，向金露透露了私逃計畫，趙荻不禁心中咒罵連連。金露竟然以為趙荻之所以接近魏家，接近自己，都是因為他迷戀上了自己。可想而知，當蓮妹向大姊金露吐露兩人私奔之事時，金露必然駭然震驚。當金露從妹妹口中發現了事情真相，之後發生了什麼事情呢？趙荻嚥了嚥口水，眼神瞄向眼前交疊的屍體。

看來，金露盛裝打扮，也是為了趙荻。她知道趙荻今天會來赴約。

「不是我，不是我！蓮妹會這樣……會變成這樣，我也不知道，都是蓮妹的過錯，她騙我，也騙了你，阿荻，你不要被蓮妹唬弄了……」金露手指著仰躺地上的女屍，支支吾吾地跺著腳，低頭大聲辯解。

她瘋了。

趙荻抓緊時機，往前踉撞，撂倒了站在門邊不知所措的金露。

倒坐在地的金露神色一呆，隨即雙手扶著桌椅搖搖晃晃地站起，趙荻閃身逃離灶房前，瞥見金露拿起了桌上擱放的菜刀。

暗夜暴雨毫無停歇的徵兆，分不清逃跑的方向，趙荻往屋後倉皇逃去，沒有點上油燈的走廊陰灰詭異，他跌跌撞撞地往前奔。

沒想到，逃跑的方向是中廳的書帳房，顧不得那麼多了，他厲聲叩門。

「魏老爺，魏老爺，快出來！快出來呀！出大事了！」

門內毫無回應。

這時一陣閃電猝然劈下，乍然一現的亮光中，他看見門板下同樣流著一灘汙血。

腿一軟，他幾近昏厥，只能勉力支撐，咬緊牙關轉身往前繼續逃走。

他聽到身後有人尖聲呼喊著。

縱然夜裡昏黑，他仍憑著記憶中的路線摸黑逃出魏家。

黑影幢幢的港街上仍是一片陰黯零落，趙荻淋著雨，一頭亂髮，窘態不堪地踽踽而行。

太衰了，真是倒了八輩子的楣，才碰上那個瘋女人。

「阿荻，阿荻，你快回來呀！」

聽到身後傳來的叫喊，趙荻嚇得魂不附體。

「不要、不要殺我！」他驚怕地蹲下身體渾身抖顫，甚至往泥地磕頭求饒，「我錯了……我錯了！」

趙荻不敢回頭，趕緊提步往巷弄奔去。

港街青石磚道的盡頭，猛然綻放著薄弱黃光。

得救了！不遠處就是警察支署了，只要……只要再撐一下，就能得救，讓小林事務官把這瘋子抓起來！

他精神一振，聳起肩往前加速快跑。

雖然警察支署大門緊閉，但杉木窗櫺依舊彌散著瓦斯燈的暈黃光線，在黑黝黝的大街上，顯得格外溫暖。

「快開門呀！」趙荻的敲門聲砰砰作響，卻仍是毫無反應。

門扉因為趙荻的敲擊，咿啞聲響地開了一縫，竟然沒有鎖。

他感到萬分訝異，猶豫了許久，才屏住呼吸探頭望向裡邊。

竟然沒有人。

房內桌椅排放得井然有序，牆壁上的瓦斯燈兀自發光，柔和的黃光在此刻看起來卻分外詭譎。木桌上攤置著一絹寫著毛筆字的書法，暈染的墨漬未乾，宛如寫字者方離席不久。

他朝室內喊了數聲，卻無任何回應。

太邪門了，縱然是陰雨綿綿的天氣，支署內也應會有警員駐守，可是為何卻毫無一人？他繞往支署後屋的日本眷屬住房，門窗緊閉，仍舊毫無人影。

趙荻感到毛骨悚然。

淋著雨，他仰望著天空，雨水從天而降，像是冰冷的箭般刺穿他的身軀。

趙荻在石磚道上步伐不穩地跑了起來。

並且開始在街道上大吼大叫。

雨水像是冷漠的旁觀者，注視著他狂亂放縱的行徑。

儘管趙荻用盡全力嘶吼吶喊，沿街敲擊每戶人家的門板，卻得不到一絲一毫的回應。

儘管雨聲轟隆作響，夾帶著不時閃現的雷霆鳴響，與他幾刻前初踏入港街的情景毫無二致，但如今卻讓他顫慄萬分。

港街上的人都不見了，都消失不見了！

趙荻踉踉蹌蹌在冷清的街上盲目奔行，沒想到因為風雨晦闇，竟然在巷子岔口彎錯了路，跑到了河港碼頭。

偌大的碼頭也同樣空無一人。

塗角窟港位於大肚溪出海口，碼頭木棧道鋪立於水道北岸，沿岸用來提供船隻卸貨用的紅磚土角厝倉庫在大雨中顯得格外淒寒。平日碼頭木棧上總是人來人往，苦力們揮著汗肩挑貨箱，從停泊船隻所卸下的各種商品，則經由牛車或竹筏運往內地，趙荻昔日也常在碼頭棧道旁挑揀各式貨物。

今日雨急風猛的港口卻是毫無人影，風聲鶴唳，只有無邊無際的風雨不停吹颳趙荻的耳膜。

得快點逃跑才行，因為後頭追趕著一名像惡鬼一樣的女子，攢著一把尖刀要擒捉住趙荻。

——我知道我錯了，我錯了！救命，救命！我……我錯了呀！

趙荻滿心驚惶，平常就算路過廟宇也不會特意入廟拜神的他，竟然也慌張地開始唸起神佛名號。

但沒有任何神明降臨解救趙荻的困境。

腥風鹹雨中，呼嘯的冷風將碼頭倉庫旁懸掛的各家商號旗旗毫不留情地一一折斷。

趙荻只能沿著港岸奔跑。

「轟隆！轟隆！」

天際間乍猛一聲驚雷，讓他猝不及防地在泥岸上重重摔了一跤。

趙荻提心吊膽從泥地上爬起，卻見到眼前的溪流瞬時暴漲，河水全渲染成一片驚人的血紅色。

血流成河的水面上，漂浮著無數溺水的人們。

他的眼中，是一片慘不忍睹的地獄，就如同法事道場中懸掛的十殿閻羅圖裡的受刑冥河重現眼前，河中人們的哀叫聲不絕於耳。

宛如森羅煉獄裡的景象，怵目驚心，趙荻大驚失色，簡直嚇到要魂飛魄散。

赤紅色的汩汩水流往西滾滾奔騰，水勢一發不可收拾，甚至即將淹沒木棧道，吞噬整座碼頭。

赤紅色的河流中，數不清的人影揮舞著雙手，嘴巴開開闔闔彷彿在吶喊什麼，但在震耳欲聾的風雨聲中，趙荻卻聽不清楚他們的聲音，只能看到河面上數十、數百個黑色的人影搖頭晃腦，兩隻手無助地向天空奮力撲抓。

血紅色的河流上漂浮著數以千計即將溺斃的人。

轉瞬之間，血紅色的滔滔洪流便衝垮了港口堤岸邊的護欄，直直往港街奔流而去，霎時淹覆了趙荻眼前的一切景物。

——報應啊，這是報應……

陷入歇斯底里的趙荻回頭逃跑，卻仍然無法逃過一劫，猛一失足便跌進紅色的水渦急流之中。

「啊啊！」

即將要在血河中溺死的預感，讓趙荻心神錯亂地大聲呼喊。

倏然，一雙手掌從空中伸向趙荻。

趙荻高興地抓住對方的手，慶幸自己有了逃過一劫的機會。

「謝謝！謝謝呀！」

趙荻抬頭一看，卻見拉住自己雙手的，是方才持刀緊追不捨的金露，宛如惡鬼一般屠殺了全家族的女子。

面容盛裝的女子，在雨水中妝粉滑落，正嫣然一笑地凝望趙荻。

趙荻害怕地尖叫起來。

「阿荻，原來你在這，我找到你了……」

「妳、妳放手，妳放手啊！」

不論趙荻如何呼喊，女子卻毫無鬆手之意，只是不停地笑著。

自顧自笑著的嘴唇突如其來越變越大。

女子一張嘴越張越開，在暗如黑夜的龐大嘴腔內，上顎竟爆裂了一排排尖白長牙。

趙荻眼前，是齜牙咧嘴的血盆蛇口。

女子的頭逐漸幻變成一隻無比魁梧的巨大紅蟒，粗可環抱的赤鱗蛇尾緊緊捲扯著趙荻的雙手，他感到赤紅的蛇尾猶如高溫燒火，燙得他驚聲尖叫。

「啊啊啊！救命啊！放我走！」

巨大紅蛇的雙眼目光如火炬，碩大的蛇頭，正冷冷地盯視著不停驚恐掙扎的趙荻。

旋即便將他一口吞下。

4.

一隻紅冠水雞在河岸淺灘邊呱呱啼鳴，牠踱著碎步正在斷葉殘枝覆蓋的水澤間啄覓蟲豸，水雞嘈雜的啼叫聲吵醒了仰躺於水灘上的男子。

一名衣衫溼漉漉的男子在沼澤泥灘上悠悠轉醒。

強烈的陽光讓他雙眼無法睜開，只能緩慢適應眼前白花花的光線。

頭頂上是萬里無雲的豔陽晴日，男子動作遲緩地坐起身張望周遭。

水面上漂浮著許許多多從上游沖刷而下的龐大漂流木，草澤邊的樹林一片狼藉。

男子迷迷糊糊地爬起身，感到口乾舌燥，便蹣跚地一步一步走到水邊大口喝起水來，並且朝臉龐潑冷水，試圖讓自己清醒一點。

這時，他才發現混含泥沙的水顏色怪異，是淺淺的鐵紅色。

「咿～～嘎～～咿～～」

隨著金屬摩擦的異質響音，一架四輪的輕便臺車從不遠處的岸邊緩緩駛來，這時男子才看到水灘旁架設著一道雙軌的運輸鐵路。

輕便臺車上坐著一個老人，正在費力地推押車輛上的制動器讓臺車往前行進，「咿～～嘎～～」的聲響直直來到男子身畔才猝然停下。

「喂，少年人，你還好嗎？」

老人儘管氣喘吁吁，仍以充滿關懷的語氣向男子詢問。

男子心神恍惚，不知該如何回話，只是怔怔凝望著臺車上怪異十足的老人。

老人臉上的皺紋很深，像是灰石礫般的肌膚上鑿刻著歲月的痕跡，但臉龐上一雙青鬱鬱的綠色眼瞳，卻澄亮著溫煦的光輝，彷彿有著一股將人直透看穿的奇異力量。

「你有受傷嗎？」

「……沒有。」男子遲鈍地搖搖頭。

「沒想到這次大水災，還真可怕，少年人你大難不死可真是幸運。嗯，這大樹木擋路，看來是無法再過去了。」步下臺車，綠眼睛的老人巡看軌道上斷樹擋道的狀況，便認定已無法再將臺車開往前方。

「水……水災？」男子困惑不解。

「是呀，這回水災真是恐怖至極，昨日大肚溪水暴漲，連大肚山也引發土石流，山上的紅泥砂石挾著滾滾大水往下游去，甚至將整條河水染成赤紅色……不過，最糟糕的是，大洪水竟然把整座塗角窟港全都淹沒了！咦，少年人，你難道不是從水災裡逃出來？」

「我……我不知道，我一醒來，就在這岸邊了。」男子滿臉茫然，不知道老人在說什麼。

「你不知道？那……你從哪裡來？」

「我……我也不知道，我想不起來了。」男子只要努力回想，便感覺頭痛欲裂。

老人瞇眼凝望了一會兒，一臉恍然大悟的表情。

——原來如此，看來你也曾被吞食。

男子不明所以。

「你很累吧，先上車，我載你去山腳邊的避難所好好休息。」氣虛力弱的男子在老人攙扶下爬上輕便臺車，老人見男子坐好，便又開始推押制動器，引導臺車往回直駛。

綠眼睛的老人自言是塗角窟庄頭出身之人，平素居無定所飄泊四方，數十年前進入遙遠的內山遊歷，直至昨夜才終於返鄉。

未料卻遭逢這百年難得一見的大水災。

當老人抵達大肚山車米崙的千年老榕時，一道閃電如尖銳利斧橫空劈開了山頭上的參天古榕，被斬斷的樹體陡然壓下，就像是命數終盡的巨人跪倒在地，發出轟隆巨響，老人只差一步便命斷黃泉。

逃過一劫的老人癱倒在地，俯頭一望，流光瞬息之間，山下竟已是一整片豔紅色的浪濤翻湧。

塗角窟被一片赤紅的海水淹覆了。

豪雨引發土石流與海水倒灌，紅色泥沙與澎湃大水已經將整座塗角窟港無情淹沒，在風急雨猛的模糊視線中，山下已成一片浪吼風嚎的血紅汪洋。

綠眼睛的老人抬頭遠眺前方滿目瘡痍的山頭，語帶失落，吁嘆不已。向來總是作為海上指引的千年古榕，竟也倒塌了，如今誰還能找得著塗角窟呢？

男子難以置信。

擁有怪異綠眼的老人所說的大水劫難，甚至是塗角窟港，對於男子而言都如此陌生，難以相信。

男子搖搖頭，表示自己不記得經歷過什麼大水災，至於塗角窟，他更不知道是什麼地方。

——你不是我第一個救起來的災民，而你失憶的怪症頭，也與其他災民一模一樣。

老人說，他等待天一亮，雨勢停歇之後，便趕忙下山拯救因水災而受難的災民，平常用來運送郵便局信件以及樟腦油等貨物的輕便鐵路，也成了救災的工具。他首先救起的水災災民是庄頭裡一對姊妹，兩人驚魂未定，不論向她們如何探詢問話，姊妹倆卻只是緊緊牽著彼此的手，低頭哆嗦顫抖，任何話也說不出。

「……姊妹？」彷彿什麼異樣的感覺勾起了男子的回憶，他側頭忖想，怎知腦袋竟然劇烈地疼痛起來，逼得他只好低下頭深深呼吸。

綠眼睛的老人繼續說，在搭救男子之前，他已經將數十名災民用輕便臺車運往山腳的臨時避難所。

那數十名災民都與男子一樣失憶，記不起自身姓名，也不知自己來自何方。

「為什麼會這樣，我……我竟然忘了自己是誰……我為何會在這裡……？」男子在臺車上恐懼地向老人提出問題，在軌道上滑然駛動的台車倏然驚飛了一群水岸邊的白鷺。

「我猜，你們都被蛇怪給吞食過。」

「蛇怪……」男子努力在腦海之中回憶，卻只是徒勞無功，愈想只是愈加頭疼眼花。

「有一隻大蛇怪，自古便潛藏在塗角窟，港灣裡是它沉眠的巢穴。大蛇喜怒無常，以人類的恐懼為食，傳說中，只要被他吞食過的人都會失去記憶。」

當綠眼睛的老人救起許多死裡逃生的災民後，便訝異於災民失憶的奇怪症狀。在他救起的災民當中，也有警察支署的小林事務官，渾身顫抖的小林，一臉茫然六神無主，彷彿在害怕什麼似的，只是不斷用日語重複著一個單詞：蛇。

老人這時候才突然回想起，港口裡關於大蛇的古老傳說。

黑水中有大蛇，久而成怪，築巢於港，嗜食人之恐懼，口吐虛幻縹緲的劇毒霧氣；據說，只要被牠吞食過，人的記憶便會被噬盡，而且被吞食者會在毒霧中，見到自己最驚懼的事物。

——昨日的大豪雨，想必驚醒了蟄伏的蛇怪，蛇怪醒來後便趁機獵食在洪水中四處逃難的港街之人。而那位日本人，想必也在失去意識前，經歷過什麼恐怖的幻覺吧，儘管今天醒來什麼都不記得了，但昨日經驗過的強烈恐怖感受仍然殘留心中，所以才會莫名其妙感到恐懼驚惶。

「那麼，你呢？你是不是也經歷過什麼恐怖的事情？」

面對綠眼老人的詢問，男子恍若失神，只是茫然地搖搖頭。

「塗角窟，到底是什麼樣的所在？」

——呵，我真是老糊塗，明明知道你什麼都忘了，卻還問你。這樣也好，能忘了，是好事，是一種畢生難以遭逢的幸運。不論你之前過什麼樣的人生，是好是壞，都不重要了……至於，塗角窟到底是什麼樣的地方……

四輪臺車向前駛動的金屬聲響中，男子靜靜聆聽著，語調沉穩的老人娓娓述說關於塗角窟的事情。

但無論他再怎麼回想，他卻絲毫想不起來塗角窟是什麼樣的地方。

真的有塗角窟這個處所嗎？

該不會是老人在胡說八道？

男子也不確定自己是不是曾在塗角窟港街上遭遇大水災。

甚至連緣眼睛的老人所說的蛇怪傳說，他更是絕不相信。

怎麼可能有大蛇怪的存在呢？

輕便臺車乍然駛出水岸邊的濃密樹林，男子倚靠著臺車往旁眺望，軌道的另一側，迎面便是一片浩瀚無邊的蔚藍大海，鹹涼的海風颯然襲來，男子忍不住打了個寒顫。

風平浪靜的海面，彷彿什麼事都沒有發生，怪異老者口中的大水災和蛇怪，就像是一場怪異的囈語夢境，不存在於任何現實。

男子不認為只憑片面之詞就能夠相信老人。

若老人所言絲毫不假……

眼前一望無際的碧海之中，是否還潛伏著老人所說的大蛇怪？

在那片大海中，是否存在著一座已被土石洪水掩埋的港口？

究竟，自己是不是曾在塗角窟中遭遇了水災，並且被大蛇怪所吞食？

若是曾被大蛇所食，在被吞噬前，他曾經歷過什麼恐怖的事情嗎？

是不是所有在這場浩劫中倖存的人們，都如同他一般，喪失了自我的記憶？

但，男子不論如何想，卻找不到任何能讓自己信服的答案。

不管怎麼想，他仍然記不起自己是誰，以及自己究竟來自何處。

男子瞇著眼，注視著坐在臺車對面仍在徐徐講述塗角窟故事的綠眼老人。為了想找回自己失落的記憶，他努力聆聽老人的故事。

故事中，塗角窟是一座富庶豐饒的大商港，港街上熙來攘往華蓋雲集，五花八門的百貨商品在碼頭棧道上交易流通，而在港灣街巷裡，則潛藏著許多心懷不軌的魍魎妖怪，尋隙襲擊著脆弱的人類……隨著老人口中奇妙而悠緩的音調起起伏伏，坐立不安的男子彷彿也逐漸靜下心神。

——傳說，一百多年前，有人從遠方搭船抵達了塗角窟海岸……

舒涼的海風輕盈飄颺。

男子凝望前方，老人碧綠色的眼眸中，溫柔映照著一片雨過天青的無垠藍海。

海水兀自在水岸上捲起了白色浪花，傳來輕碎騷響的陣陣潮音。

浮盪的水上泡沫，正折射出絢麗迷幻的光彩。

跋

鹿鳴于夜

何敬堯

闃黯的秋夜，纖雲四捲，行車於大肚山東麓的林徑葉蔭，恍恍惚惚，彷彿漂浮於顛簸暝晦的夢與夢之間。從龍井水里的海口沿岸踏查回返，時已深夜，寂寞在車窗玻璃上靜靜凝露，半開的窗外悄然襲進了一陣陣霜冷的寒氣，按下一旁的控制鈕關上窗，我緩緩將廣播音響旋至最大，想清醒一下疲倦至極的心神。

「But you made my seasons start to change. It happened so suddenly……」

流瀉的音符宛如碎地的玉，溫柔，飄悠，攜著醺人的氣息，電台ＤＪ低沉地介紹，王若琳，〈*Lost in Paradise*〉，慵懶舒緩的嗓音蠱惑著記憶，黝暗的歸路迴響著迷魂似的音律。

旋即，行經產業道路的車子，再次途經那一座寫著奇妙標語的三角形交通警告標誌。

通常一般交通標誌牌上總會寫上「當心行人」或「注意落石」等字樣，但此刻路畔的警告牌，朱紅色三角邊框，框內中央卻畫著一隻鹿，一隻頭頂茸角往前奔跳飛躍的大公鹿，並註明：「野鹿出沒，小心慢行」，車行再數十分鐘，另一座同樣畫著鹿隻的警告牌則設置在反向車道。這大概是全臺中，不，大概是全臺灣唯二的野鹿警告標誌吧。

今年初往返龍井路途，意外在山間小徑瞥見這不可思議的奇異標語，不禁嘖嘖稱奇。每一回路過，總會憶起去夏的日本奈良之旅，目睹成群結隊的鹿隻在人行道昂首穿梭，神色怡然，恍如自身才是這城的主人、神之使徒，爾等人類不過是這片土地的異鄉客罷了。而大街小巷之間，也隨處能見「鹿飛び出し」的交通注意標誌，提醒即刻有神鹿出巡。如今，在臺灣竟得見類似情景，更讓人詫異驚訝。臺中僻遠的大肚山上，仍有野鹿生存嗎？並且，鹿隻的數量甚至可能危害到陸上交通，才有必要同時架設兩座標誌？

畢竟臺灣山野早已無野鹿蹤跡。

根據學院的調查，臺灣梅花鹿純種的野生族群，已經在七〇年代便滅絕殆盡，墾丁國家公園與綠島的野鹿，皆是十年前人工復育的野放。不過，我從未聽聞其他地區有相關野放計畫，遑論大肚山徑上會有注意野鹿的警告標誌了。

不知從何而來、無法解答的神祕標誌靜靜地聳立於草叢間，夜幕輕拂三角牌上的鹿隻剪影，虛幻與現實交錯的瞬間，彷彿諦聽著歷史踏蹄的輕響，時間的塵埃飛揚。

大肚確實有鹿群奔馳，呦鳴山間，不過那是數百年前的風景。曩昔，臺灣山谷丘陵皆是山鹿棲所，大肚尤其多鹿，漢人為了捕鹿而搭寮，作為暫宿之地與存放獵物的倉庫，便是山腰處「鹿寮」的古名緣由。

不過，大肚山麓西側另一地名「沙鹿」的由來，卻與鹿毫無關係。漢人移居前，平埔族才是此地原先住民，Papora（拍瀑拉族）有一座大村落名喚Salach，翻譯漢名為「沙轆社」，Papora以狩獵野鹿、種植芋頭甘藷等作物來維生。但是，沙轆社的命運自從漢人大量移墾之後，便逐步陷入血腥的結局。

明鄭時期，大將劉國軒被派往此地屯田，平埔族各社捨命奮戰仍舊不敵，眾多族民奔逃逸散，劉氏則下令將沙轆社焦土屠村，老幼婦孺盡皆戮首，最終，數百族民僅餘六人逃生。

平埔族的足跡漸漸在流光中消隱，跫音遠去，移居此地的漢人住民陸續拓墾，「沙轆新庄」於焉誕生，在移民的墾殖行動中，野鹿族群終於也因大量獵捕而逐漸絕跡。嘉慶、道光年間，沙轆位居南北交通必經之處，產業繁茂，形成地方商業中心，連帶讓沿岸港口貿易欣欣向榮，當時位於龍目井海線地區的塗角窟港的地位也越來越舉足輕重。在日治時期歷經地名變更之後，「沙轆」才變字「沙鹿」，「龍目井」則更名「龍井」。

數百年前的塗角窟港，僅僅是一座鄰近平埔族水里社的小漁村，因緣際會，漸次發展為中部交通第一大港，並且，在歷史的軌跡中，塗角窟碼頭也吸引著走私黑船的身影。在港灣初築時，此港便是明清海盜的出入口，百年過後也仍舊是暗渡彼岸的渠道；乙未年丘逢甲兵敗，逃至臺中大雅鄉的友人張家，題寫《離臺詩》[1]的隔夜，便喬裝成娶親隊伍，從大肚山車米崙潛行至塗角窟港，搭乘張家「源發」商號的木桅帆船離臺，兩年後，出身霧峰林家的著名詩人林癡仙不願委身日人，也循此航線登舟浮海，避亂清國泉州，臨行之際則含淚留下詩作〈潛出塗葛堀即景〉[2]。

時光的幻影浮盪於歷史的夜空，港灣的人們來來去去，擁有百年光陰的塗角窟見證了時代的興衰以及人情的更迭，如今，塗角窟早已在天災異變中淹沒於碧藍深處。湊巧的是，這一年秋季的國慶煙火選擇施放於臺中龍井沿岸，恰恰是昔日塗角窟舊址，當岸上眾人齊首仰目的瞬間，我彷彿在錯覺中瞥望見一朵朵幻麗的煙花，正穿越過歷史的迷霧，映亮著海面下那一座被遺忘的沉睡之港。

宛若臺灣版本的亞特蘭提斯城，史實的真相已埋藏在海水與時間的洪流。

自從慢慢接觸、理解了塗角窟的歷史後，我便動心起念，想為這座奇妙的港灣寫一些有趣的故事。

提筆之初，考量了許久，我最後決定採取歷史地景演繹神怪傳說的寫作路線，在輕盈趣味的短篇連作中，編織出奇幻通俗的時代異譚。畢竟，以往的臺灣歷史小說「大敘事」

的風格不能再延續了，歷史不能只是意識形態的載具，過多文獻考察也會喪失作為「小說」該有的單純樂趣。

將魔幻、懸疑、推理、恐怖等類型小說的元素鍛接於臺灣歷史時空，是一種新穎而冒險的實驗。或許，我所尋覓的小說類型應屬於「歷史背景小說」，或者當代日本文學中「時代小說」的風格表現。對我而言，歷史小說可以更輕巧、更玲瓏，並且更加貼近現代人的感官生活。

如今，經歷了五年多，總算將當初夢景化為墨字。驅車在大肚山上的道路返家，身心俱疲。

1 丘逢甲名詩《離臺詩》六首其一：「宰相有權能割地，孤臣無力可回天；扁舟去作鴟夷子，回首河山意黯然。」丘逢甲在乙未年六月初四日（1895年7月25日）暫宿張家「學海軒」私塾時，積憤題寫此詩，隔日便在張家協助下在塗角窟搭船渡海。張家先祖是乾隆末年抗清失敗而渡臺的閩籍移民，並在塗角窟港開設「源發」商號，初以零售水果、米穀為主業，後經營稻米等農產品至閩粵而發達，興盛時擁有近百艘船隊。

2 林癡仙本名林朝崧，著作《無悶草堂詩存》收錄其詩作〈潛出塗葛堀即景〉：「舵樓一望海漫漫，解纜白雲紅樹間。鄉淚曬乾衣上日，櫓聲搖碎水中山。殷勤贈劍頻呼渡，辛苦鳴雞始出關。爭似寒潮少拘束，等閒流去又流還。」

此回訪查龍井水里沿岸，並記錄大肚溪出海口水流的能見度，是為了調查海底下是否還殘存著塗角窟遺跡。數月之前，我已考取了進階潛水員執照，並且也與潛店的朋友相約，即將要前往海口處初步探勘水底狀況。

屆時，會有什麼發現呢？我懷揣著興奮與不安的心情。或許，什麼也不會發現吧。畢竟，已過了百年歲月，地景無情的變遷，期盼能有收穫是多麼奢侈的願望。

「Now my fantasy is staring at your eyes……」

女歌手充滿Bossa Nova 風味的旋律悠揚在森黑的夜景中，須臾之間，我似乎聽見了什麼異樣的響聲，不規則的節奏干擾著夢境般的音色。

是收音機的雜訊嗎？

我調低廣播的音量，似乎有什麼細微的聲音騷動於幽暗的山間，像是一陣陣清脆鈴聲般的擦響。

將車子緩緩停靠路旁，我按下控制鈕打開車窗玻璃，寒峭的夜氣霎時飄入車內的空間。此刻，夜雲稀薄，林間葉縫篩灑著暈黃的月光。

我側耳傾聽。

九歌文庫 1176

幻之港——塗角窟異夢錄

作者　何敬堯
責任編輯　羅珊珊
創辦人　蔡文甫
發行人　蔡澤玉
出版發行　九歌出版社有限公司
臺北市105八德路3段12巷57弄40號
電話／02-25776564・傳真／02-25789205
郵政劃撥／0112295-1
九歌文學網　www.chiuko.com.tw
印刷　晨捷印製股份有限公司
法律顧問　龍躍天律師・蕭雄淋律師・董安丹律師
初版　2014年11月
初版3印　2016年07月
定價　300元

書號　F1176
ISBN　978-957-444-973-6
（缺頁、破損或裝訂錯誤，請寄回本公司更換）

文化部 MINISTRY OF CULTURE 出版贊助

國家圖書館出版品預行編目資料

幻之港：塗角窟異夢錄 / 何敬堯著. -- 初版. --
臺北市：九歌, 民103.12

面； 公分. -- (九歌文庫 ; 1176)

ISBN 978-957-444-973-6（平裝）

857.63 103021790